Italo Svevo

Un marito

<h1 style="text-align:center">Commedi in tre atti</h1>

PERSONAGGI

Avv. FEDERICO ARCETRI

BICE, sua moglie

Professore ALFREDO REALI, fratello di Bice

PAOLO MANSI

AMELIA, sua moglie

ARIANNA PARETI

AUGUSTO, direttore di studio dell'avv. Arcetri

UNA VECCHIA CAMERIERA

UNA DONNA

ATTO PRIMO

Studio dell'avvocato Arcetri. Ambiente di severa eleganza. Porta di fondo. Il tavolo da scrivere addossato alla parete a destra dello spettatore. Nel mezzo un tavolo e d'intorno il mobilio di un salottino. Sulla parete di fondo un ritratto di donne.

SCENA PRIMA

AUGUSTO occupato a metter ordine sul tavolo dell'avvocato, poi ARIANNA

ARIANNA   (una vecchia dama sofferente vestita in lutto profondo). C'è il signor avvocato Arcetri?

AUGUSTO   (aspetto di vecchio impiegato; giubba d'ufficio consunta ma pulita. Guarda Arianna lungamente prima di riconoscerla). Lei qui, signora Arianna? (Sorpreso e non piacevolmente.)

ARIANNA   (spazientita). C'è il signor avvocato?

AUGUSTO   (umile). No, signora! Non c'è; mi dispiace. Se vuole accomodarsi intanto. È uscito poco fa con suo cognato. Credo sieno insieme con la signora Bice. (Poi aggiunge.) Ritorneranno insieme... credo.

ARIANNA   (borbotta). Allora me ne vado. (S'avvia.) Quando crede che potrò trovarlo solo?

AUGUSTO   Non lo so. Le assicuro che non lo so. La signora o il cognato sono qui di spesso. Il signor Reali si ferma a scrivere su quel tavolo per delle ore intere.

ARIANNA   Ciò che mi dite è vero oppure avete ricevuti degli ordini speciali che mi riguardino?

AUGUSTO   Come può credere una cosa simile oh signora! Il signor Federico le ha portato sempre il massimo rispetto.

ARIANNA   (subito adirata). Pare ch'Ella, caro Augusto, abbia perduto il senno. (Dopo lieve pausa.) Posso sperare di trovarlo solo a mezzodí?

AUGUSTO   È possibile.

ARIANNA   E non prima?

AUGUSTO   Non credo.

ARIANNA   (avviandosi). Dio mio! Che cosa farò sino a mezzodí? (Si ferma dinanzi al ritratto di donna e dà un urlo di sorpresa.) Il ritratto di Clara qui! Vedo bene? È il ritratto di Clara.

AUGUSTO   (con precipitazione). Sí, signora! È il ritratto della signora Clara! Il signor Federico non ha mai voluto separarsene.

ARIANNA   (stupita). Lui? Lui non ha mai voluto separarsene?

AUGUSTO   Sí! signora! (Poi, timido.) Il signor Federico dice che quel ritratto gli ricorda non una persona, ma bensí un'epoca... (Piú franco.) L'epoca piú felice della sua vita.

ARIANNA   (grida). Ma è un'irrisione cotesta!

AUGUSTO   Come può crederlo? Il signor Federico irridere...? (Accenna al ritratto.) Se lo vedesse talvolta solo dinanzi a quel ritratto, pensare, serio e triste, non direbbe cosí!

ARIANNA   E che cosa ne dice la sua seconda moglie di quel ritratto?

AUGUSTO   (pensando). Nulla! Dinanzi a me non ne ha mai parlato. Pare sia d'accordo che resti là.

ARIANNA   (sempre contemplando il ritratto). Guardate, guardate, Augusto! Non c'è in quegli occhi il presentimento, la tristezza della sua fine? (In contemplazione.) Assassino! Assassino!

AUGUSTO   Signora! Si dia pace, la prego!

ARIANNA   Oh! avessi potuto prevedere! Come sarebbe stato facile fuggire! (Ad Augusto.) Ma egli mi baciò, mi baciò due ore prima. Oh, Giuda! (Di nuovo in contemplazione mormora dinanzi al quadro.) Sí! Sí! Cara! Sí! Sí! (Promettendo). È bene l'abbia trovata qui! Come mi sento forte, rinfrancata! Posso attendere fino a mezzodí ed oltre! Gli parlerò qui, nevvero? Dinanzi a lei! Lei in questo luogo? Oh! mi parve imbattermi in lei viva.

AUGUSTO   Vuole dica qualche cosa al signor Federico?

ARIANNA   No! Niente! Anzi, caro Augusto, mi faccia il piacere di non dirgli ch'io sono stata qui.

AUGUSTO   Ecco una cosa che non posso fare.

ARIANNA   Perché?

AUGUSTO   Perché credo, mi scusi, che questa sua visita, cosí di sorpresa, non debba avere un motivo gradevole per lui.

ARIANNA   (ironica). Ah! lo sapete anche voi?

AUGUSTO   (serio). E chi non lo sa? Oh! signora! Perché non dimenticare, perdonare? Quella povera anima lí non invoca certo vendette! Ricorda quando avevamo lo studio unito al suo quartiere? Io mi permettevo di darle qualche consiglio e lei talvolta m'ascoltava. Purtroppo non m'ha ascoltato quando avevo visto il male e consigliavo di chiudere la porta in faccia a qualcuno.

ARIANNA   (torbida). Come siete ingenuo! Niente sarebbe giovato a niente! Colui voleva sangue e l'ha avuto; Dio sa che l'avrebbe preso in qualunque caso.

SCENA SECONDA

BICE e DETTI

BICE   (cappellino, veletta, mantellina sul braccio, negligentemente). Mio marito non è ancora di ritorno? (Le due donne si guardano; Bice s'inchina, mentre Arianna la misura da capo a piedi con offensiva curiosità.) Augusto! Fate accomodare la signora! (Augusto offre una sedia mentre Arianna continua a guardare Bice la quale, turbata, con un passo verso Arianna dice) Ella desidera?

ARIANNA   (lentamente). Niente... da voi. (Esce strascicandosi.)

BICE   È una pazza costei? Chi è? La conoscete?

AUGUSTO   (evasivo). Una cliente... una vecchia cliente...

BICE   Un'usuraia, una malfattrice certo!

AUGUSTO   (rivoltandosi). Signora! È la madre di... (Mostra il ritratto.)

BICE   Lei!... (Pentita abbassa gli occhi; un momento di silenzio.) Povera vecchia! Non l'avrei riconosciuta piú! In quella faccia non c'è di vivo che l'occhio e quello cattivo tanto! Che cosa voleva qui?

AUGUSTO   Non lo so! Non volle dirmelo!

BICE   Ho inteso dire che una volta tentò di gettare sul viso a mio marito dell'acido solforico!

Federico lo nega ma mi pare d'aver capito ch'ella pur abbia tentato qualche cosa di simile contro di lui!

AUGUSTO   (non protesta né afferma; poi). Sarebbe pur bene ch'Ella inducesse il signor Federico a non ricevere da solo quella donna!

BICE   (sorpresa). Io? (Poi subito.) Glielo dirò! Ma pure l'ha ricevuta spesso da solo!

AUGUSTO   Ella aveva altro sospetto di oggi. Veniva con carte e documenti sempre accompagnata dal suo avvocato a trattare l'eterna questione della dote della defunta signora. Quale affare fu quello! Gli affari piú semplici furono intricati con un'abilità d'inferno. Sembrava tanto piú avida quanto piú il signor Federico era corrente e infine, a conti fatti, trovammo che la signora Arianna aveva ricevuta la dote della figlia con gli interessi di un mezzo secolo.

BICE   E prima? Prima della morte di Clara?

AUGUSTO   Prima? (Pensando.) È difficile ricordare quale aspetto abbia avuto! Viveva in disparte all'ombra della felicità della figlia, non chiedendo nulla per sé, tutt'intenta ad ammirare il bene altrui e a goderne. Guardi! A me pare come se questa vecchia fosse nata il giorno in cui la giovine è morta.

SCENA TERZA

PAOLO MANSI e DETTI

PAOLO   (vestito elegantemente di chiaro con cappello di paglia). L'avvocato non c'è? Oh! la signora!

BICE   Io stessa attendo mio marito. Se tarda ancora un poco addio gita a Villa Luisa.

AUGUSTO   (si rimette a scartabellare fra i documenti sul tavolo). I signori permettono?

PAOLO   (caricato). Ma si figuri! (Gli fa un versaccio dietro la schiena come mettendolo fuori dell'uscio; Bice ride.) Come è pieno d'ostacoli il mondo! I momenti opportuni non sono mai abbastanza opportuni! Maledetto destino! (Comicamente accenna ad Augusto e ridiviene serio allorché questi all'esclamazione si rivolge.) L'avvocato non c'è; gli affari non camminano e la mattina si perde...

AUGUSTO   Io non so dirle quando l'avvocato ritornerà!

PAOLO   Grazie, signor Augusto! Sono già rassegnato ad attenderlo. (Si avvicina alla finestra.) Un dolce, signora? (Mostrandole un sacchettino di dolci e con gli occhi invitandola a venire a lui.) Mia moglie me li fa prendere per Guido e poi se li divora. (Stizzito ad Augusto che volge la testa.) Vuole un dolce, signor Augusto?

AUGUSTO   No! grazie! (Si rimette a cercare.)

PAOLO   Pare che negli studii d'avvocato si dimentichi la cortesia. Non ho offerto una seggiola alla signora. (Gliel'offre e intanto le prende la mano e tenta baciargliela.) Santa pazienza! Bisogna pure che mi distragga! Non vuole? Discorriamo allora! (Ad alta voce.) Bel tempo! Il barometro è alto; mia moglie si vuol vestire di lawn tennis... (Ad Augusto che si rivolge.) Il signor Augusto s'intende di stoffe, mi pare; ha subito teso l'orecchio... (Piano a Bice.) Gli fosse rimasto assordato!

BICE (s'allontana e gl'impone scherzosamente di tacere). Non ricordo se siamo rimasti d'accordo con Amelia di attenderla qui o di andarla a prendere.

PAOLO   Si doveva trovarsi insieme qui. Scommetto che il mio tegame ritarderà come al solito! Oggi bisogna scusarla. Il nostro Guido, che Dio ci ha dato (con esagerato accenno al cielo) si sentiva la gola infiammata stanotte; stette sveglio per mezz'ora, ruppe il sonno ad Amelia e questa avrebbe voluto interromperlo a me... Io dormivo però come un giusto e tanto bastò perché la signora consorte si eccitasse contro la mia insensibilità... Me lo confessò stamane quando si levò con tanto di livido sotto gli occhi.

BICE Pare che il marito non sia dunque un modello e che il padre non valga meglio.

SCENA QUARTA

FEDERICO e DETTI

FEDERICO (uomo di media età dall'aspetto un po' piú vecchio di quanto la sua età comporterebbe). Mi avete aspettato!

PAOLO   Finalmente! Non lodo il vento che ti porta perché mi son fatto tener compagnia dalla tua signora.

FEDERICO Scusatemi entrambi. Avevo fino adesso le mani legate.

PAOLO   Stavo spiegando alla signora Bice le mie teorie pedagogiche. A guisa di penitenza starai ad ascoltarle anche tu.

FEDERICO (s'inchina). Permettetemi soltanto. (Ad Augusto.) Ella cercava qualche cosa?

AUGUSTO L'ho trovata. La ricevuta di Verri C. L'hanno mandata a prendere stamane.

FEDERICO Altro di nuovo?

AUGUSTO È stata qui la signora Arianna. (A bassa voce.)

FEDERICO (contrariato). E vuole?

AUGUSTO Ritornerà a mezzodí.

FEDERICO (c.s.) A mezzodí! (Augusto, inchinatosi, esce.)

BICE Che cosa ci hai a mezzogiorno? È l'ora del convegno per andare a Villa Luisa.

FEDERICO Lo so, lo so. Vuol dire che mi scuserai. Per quest'ora un mio cliente s'è fatto annunciare e devo rimanere ai suoi ordini.

BICE (guardando altrove). Non potresti sacrificarci il cliente?

FEDERICO   (sempre inquieto). No, no, impossibile. Del resto ti trovi con Paolo e con la sua signora. Subito, non appena posso, io prendo una vettura e vi raggiungo.

BICE   (dopo una lieve esitazione, s'avvicina a Federico, a bassa voce alterata da emozione). Federico! Avrei da domandarti un favore.

FEDERICO   (sorpreso la guarda). Un favore? Parla!

PAOLO   Se disturbo me ne vado! (Nessuno gli dà bada ed egli s'avvicina alla porta con l'intenzione di non uscire.)

BICE   (supplichevole). Vieni con noi.

FEDERICO   Perché?

BICE   Non ricevere quella donna che ti vuol male.

FEDERICO   Ah! sai anche tu? (Ridendo con sforzo ad alta voce.) Ma non è mica per essa ch'io resto nello studio. Quella è una visita che non ha importanza. Se essa verrà la riceverò. Non vedi che Paolo sta per andarsene?

PAOLO   (molto seccato). Stimo io! Mi pare di essere di troppo.

FEDERICO   Quale idea! Resta! Non disturbi nessuno. O anzi non avete da andare a prendere la signora Amelia?

PAOLO   No! l'appuntamento l'abbiamo qui. Evidentemente ti secchiamo tanto che se non ci fosse di mezzo la tua signora t'offrirei d'attendere in anticamera.

BICE   Vuoi che accetti la proposta del signor Paolo e che andiamo ad attendere Amelia in anticamera?

FEDERICO   Ma che idea! Se vi dico che non mi seccate niente affatto! Anzi attendo con impazienza che Paolo mi spieghi le sue teorie pedagogiche che ho interrotte con la mia venuta. (Siede al suo tavolo.)

PAOLO   Dove eravamo rimasti?

BICE   Mi spiegava quel sistema d'educazione che lo lascia cosí comodamente dormire quando Amelia veglia per il bambino.

PAOLO   Ah! sí! Vede, signora, tutti gli educatori moderni hanno la grulla idea di abituare i fanciulli alla giustizia, di far credere loro che le piú grandi soddisfazioni stanno nel compiere il proprio dovere. A questo modo il fanciullo che vien fuori dalle sante mani entra nella vita come in un tribunale dove le opere cattive si puniscono e le buone si premiano. Appena poi l'allievo ha compiuto qualche cosa di buono e non trova premio eccolo abbattuto dallo sconforto subito disilluso, sfibrato ed eccovi le imprecazioni dei cattivi poeti e i suicidi dei giovinetti cui la donna amata ha detto di no. Il mio Guido invece è abituato alla piú rigorosa ingiustizia. Quando fa bene trovo sempre di punirlo per motivi insignificanti, quando fa male anche ma non sempre. Lo lodo soltanto quando io mi sento molto bene fisicamente e moralmente. Egli ha già capito con ciò di non poter disporre del suo destino, ma di doversi sottomettere a un capriccioso e irragionevole caso.

BICE   Povero figliuolo!

PAOLO   Tuttavia, finora, egli è sempre attonito di vedersi maltrattato mentre le rare altrettanto ingiuste carezze sono accettate da lui senza dubbi o esitazioni, ciò che mi irrita non poco perché non dimostra in lui molta ragionevolezza. Dovreste vedere quando lo maltratto! Par quasi dubitare ch'io faccia sul serio; ma quando una volta se ne è convinto bisogna vedere come si dispera! Non è di me che gl'importi, non me ne lusingo, ma si dispera alla visione improvvisa di un mondo fosco annebbiato dalla severità e dall'ingiustizia. Di qui a qualche anno avrà perdute gran parte delle illusioni congenite.

BICE   Io credo che lei ha torto. Per un'illusione che ammazziamo ce ne nascono cento e verrà il giorno in cui Ella potrà avere il rimorso d'aver amareggiata la piú bella parte dell'esistenza di suo figlio.

PAOLO   E tu, Federico, che ne pensi?

FEDERICO   Io? Oh! quelli sono anni che neppure la tua pedagogia può guastare.

PAOLO   Ve ne prego! Non toccate quest'argomento dinanzi a mia moglie. Essa s'è rassegnata ai miei sistemi ma non vuole che ne venga parlato fuori di casa, come essa dice.

SCENA QUINTA

AMELIA e DETTI

AMELIA   (di fuori). Si può?

PAOLO   Lupus in fabula.

BICE   (va ad incontrare Amelia). T'aspettiamo da un pezzo.

AMELIA   Ma io non potevo venire prima. Ho dovuto aspettare il dottore. Avevo pregato Paolo di attendere anche lui ma lui... (Accennando l'indifferenza del marito.)

PAOLO   Io sono corso qui per un affare della massima premura.

FEDERICO   (stupito). Per un affare?

PAOLO   Te ne parlerò dopo; è fatto in un momento.

AMELIA   L'affare ha potuto attendere fino adesso e fino adesso potevi attendere anche tu.

PAOLO   Ma io avevo due affari; questo e un altro che ho già liquidato.

AMELIA   (brontola). E se non bastassero due ne inventeresti tre.

PAOLO   E che cosa disse di Guido il dottore?

AMELIA   Che non ha nulla e che lo si porti all'aria. (Subito decisa.) Perciò verrà con noi a Villa Luisa.

PAOLO   Capisco che il tono non ammette replica. Io però se fossi in te ci penserei prima di rischiare un tanto. Abbiamo potuto capire tutt'e due che questa notte il bambino aveva la febbre; non fidiamoci della parola di un dottore cui non duole la testa. E se gli ritorna la febbre? (Bice e Federico ridono.)

AMELIA   (adirata). Già si capisce; tu non puoi soffrire che ti stia accanto.

BICE   Oh! venga, venga con noi! Per me il divertimento ne è raddoppiato. Quando un bambino mi saltella dinanzi, io capisco meglio il verde, i fiori, gli alberi, tutte le cose dei poeti.

AMELIA   Brava, Bice!

PAOLO   Andiamo allora. Giacché le due signore sono convinte che la salute di Guido non corre alcun pericolo, non ho nulla piú da obbiettare. Tu, Federico, ci raggiungi, nevvero?

FEDERICO   Sicuramente.

PAOLO   E allora moviamoci. E vostro fratello? È forse già ripartito?

SCENA SESTA

Dottor REALI e DETTI

REALIBuon giorno. Siete incamminati? Tanto piú facilmente farete senza di me che ho da parlare a lungo con Federico.

PAOLO   Non potresti rimandare questo colloquio a stasera?

REALIEh! capisco! Tu hai parlato e adesso vorresti impedire a me di agirti contro.

PAOLO   Io? Mi credi troppo furbo! Ti do la mia parola d'onore ch'io con Federico non parlai ancora. In quest'istante avevo risolto di rimandare il tutto a questa sera. Fai anche tu cosí e vieni a festeggiare il nostro armistizio a Villa Luisa.

REALIIo parto domattina e voglio prima regolare con Federico quest'affare.

PAOLO   E allora senti! Che bisogno c'è che parliamo ambedue dello stesso affare a Federico? Parla tu solo! È la migliore risposta ch'io possa fare a quella tua accusa di doppiezza. Promettimi soltanto che metterai una buona parola anche in vantaggio del mio patrocinato.

REALINo! Questo non posso promettere!

PAOLO   E non occorre neppur questo allora! Io so già di aver vinto la mia causa perché conosco il modo di pensare di Federico.

BICE   Di che si tratta?

REALIUn affare legale qualunque.

BICE   E che a te preme tanto?

REALIÈ il mestiere di noi medici di appassionarci per gli affari altrui.

BICE   (lo guarda indagando e non comprendendo niente, lo saluta). Ci raggiungi poi con Federico? Vieni qui per trovarci e tanto poco sei stato con noi.

REALIScusami sai povera Bice. Sempre quel mestiere di cui ti parlavo. Arrivato qui mi saltarono addosso amici e conoscenti a confidarmi tutti i loro affari e per i miei, che siete voi due, non mi restò tempo. Non potrò venire da voi neppure piú tardi.

AMELIA   Ella parte domani... già? (Timidamente e dispiacente.)

PAOLO   A proposito degli affari altrui... Essa desidera che tu guardi un po' in gola a nostro figlio.

REALI(compiacente). Signora! Se le è comodo verrò questa sera.

AMELIA   (commossa). Oh! grazie! È da tanto tempo che desideravo di sentire la sua parola. Lei potrebbe dirmi come debba comportarmi con Guido. Ho talvolta di tali angoscie! Paolo dice che Guido è tanto malaticcio causa la mia bontà.

REALIOh! la bontà non crea mai la malattia.

AMELIA   (a Paolo). Vedi?

PAOLO   Bisogna saper distinguere.

REALISeccatore! Vorrai lasciare la signora in pace? Arrivederci dunque questa sera.

BICE   Tanta fretta hai di parlare con Federico che ci congedi?

REALINo! Non vi congedo! (A bassa voce.) Te ne prego! Vattene e conduci teco tutta questa gente! (A voce alta.) Perderete le piú belle ore di campagna.

BICE   Hai ragione! Andiamo! Addio, Federico!

FEDERICO   (s'alza e va a congedare Amelia, Paolo e Bice). Addio! Buon divertimento!

AMELIA   Arrivederci, professore!

PAOLO   (a Reali). Vedrai come perdi il fiato e come lo risparmi a me.

SCENA SETTIMA

REALI e FEDERICO

REALI(guardando dietro a Paolo). Strana la mia relazione con quest'uomo. Non lo posso digerire e mi tocca fare come se lo amassi e solo perché egli dice di amarmi e crede di averne il diritto. Fui tanto stupido da studente da ammirare il suo spirito e da trovarmi bene con lui nelle baldorie. Lo trovo sempre uguale! Affetta un carattere, ne affetta un altro, solo per farti ridere. Auff!

FEDERICO   Bice ci si diverte. (Senz'alcun accento.)

REALIPensa che come lo vedi ha nelle sue mani la vita di un uomo, di un congiunto! Ed egli se ne va a Villa Luisa a fare dello spirito anche a spalle della propria moglie e del proprio figlio. Ora a noi! (Siede accanto al tavolo di Federico.)

FEDERICO   La vita di un uomo affidata a Paolo! Di che si tratta? (Siede al proprio tavolo.)

REALIIo ho da parlarti dello stesso argomento di cui egli era incaricato d'intrattenerti. Egli è incaricato di officiarti a difensore di Vincenzo Cerigni suo cugino; io poi sono incaricato di pregarti di non commettere una corbelleria simile.

FEDERICO   (attento e attonito). Non capisco niente! Chi è questo Vincenzo Cerigni e che cosa ha commesso?

REALIIo ho da parlarti dello stesso argomento di cui da due settimane s'occupa la città intera? Ma dove vivi tu?

FEDERICO   Nei miei affari.

REALIE non leggi giornali?

FEDERICO   Di rado e superficialmente.

REALIE allora devo cominciare coll'esporti il delitto commesso dal Cerigni. Esso non ebbe altri testimoni che il suo autore e quindi te lo racconto come lo racconta lui stesso. Dieci giorni or sono, invitato a cena da alcuni amici, Cerigni di sera tardi saluta la giovine moglie, non so se piú o meno affettuosamente, ed esce. Un accidente toccato alla sua carrozza lo inzacchera, leggermente lo ferisce ad una mano, insomma lo obbliga a ritornare immediatamente in casa. Trova la cameriera dinanzi alla porta della camera da letto la quale, vedendolo, si smarrisce, urla: "Il padrone, il padrone!" e fugge. Cerigni, dopo lunghi sforzi, riesce a forzare la porta che non vuole aprirsi. Entra. La moglie mezzo svestita gli corre incontro, cade in ginocchio e domanda perdono di una colpa ch'egli ancora non ha indovinata. Cerigni come un forsennato si mette alla ricerca dell'amante, sotto il letto, nella stanza da bagno, persino negli armadii. Vuole che la moglie gli dica dove si trovi e poiché costei vi si rifiuta egli le spacca la testa con un colpo di rivoltella.

FEDERICO   (ch'è stato ad ascoltare attentamente). E tu?

REALI(stupito). Ed io?

FEDERICO   Volevo domandarti se eri incaricato tu d'impedirmi d'assumere la difesa di questo disgraziato.

REALISí! Hai capito esattamente di che si tratti.

FEDERICO   E perché vuoi impedirmi tale difesa?

REALI(quasi timidamente). Te lo dirò. Hai capito perché il padre di Cerigni, quella vecchia volpe, ci tenga tanto a conquistare te a difensore del figlio?

FEDERICO   Sí!

REALICapisci bene che non vogliono in te l'avvocato dotto od eloquente! Tu non godi neppure piú di questa fama. Da molti anni il tuo nome non appare che in cause d'indole economica. Vogliono dunque attrarti in un campo che non è neppure il tuo e perché?

FEDERICO   Si capisce!

REALI(con calore). Essi sperano che tu dal tuo pulpito faccia allusione al tuo proprio caso. Sperano che tu abbia a gridare ai giurati: Come potreste condannare costui se io nel caso medesimo sono stato assolto? Insomma ti mettono sul pulpito perché tu a un dato momento ne scenda e ti ponga da te alla gogna accanto all'accusato.

FEDERICO   (offeso). Alla gogna? A un posto d'onore! Non solo da buon avvocato ma anche da uomo convinto io non respingerò alcuno degli argomenti che potrebbero favorire il mio difeso. Non farò soltanto quello che il Cerigni spera. Farò di piú. Dirò ai giurati: Io commisi lo stesso misfatto dieci anni or sono e mi vedete tanto convinto di quanto ho fatto che vengo a difendere me stesso in altrui perché se voi condannerete costui avrete condannato con lo stesso verdetto anche me e qualunque si sia trovato obbligato di difendere il proprio onore con un'azione crudele.

REALIMa forse ingannerai cosí i giurati. Chi ti dice che il caso di Cerigni sia tanto simile al tuo?

FEDERICO   Mi pare identico.

REALIA me vien detto che al Cerigni si attribuiscano ogni sorta di mancanze verso la moglie.

FEDERICO   (con calore ed ira). Vedi, Alfredo! Mi offendi, mi torturi! Da ogni tua parola io capisco che tu stesso includi me e il Cerigni nel medesimo giudizio e che con un'ipocrisia veramente indegna di te lo celi per non offendermi, per non turbarmi. (Tenta di calmarsi invano.) Ma fratello! Leva la maschera; è l'unico modo per non ferirmi. Questa è la barriera sollevatasi fra noi. Prima del mio matrimonio con tua sorella, eravamo piú amici che dopo. Adesso ne capisco il perché. Stimo io! Con me tu non sai piú parlare come pensi. (Ancora s'arresta e poi) Io sarei stato sincero con te! Te lo giuro! Nel caso tuo, se avessi avuto da discutere il fatto Cerigni ma io... io... (iroso) io avrei preso il toro per le corna, proprio per le corna (con gesto analogo sulla propria testa) giacché ci sono. T'avrei detto: Tu, fratello, facesti male in allora e perciò fai male adesso.

REALIBarriere fra noi! Io amo Bice e amo te. Non sono venuto qui solo per passare qualche giorno fra voi? Io non posso parlare come tu mi suggerisci semplicemente perché cosí non penso.

FEDERICO   E allora parlami come pensi ma esattamente come pensi. Mi conosci dacché son nato, si può dire! All'intellettualità siamo nati insieme! Puoi credermi una coscienza semplice che dopo commessa un'azione, e quale azione!, riposi inerte e non la disamini e non la discuta? Tutto quello che potrai dirmi me lo sarò già detto da me stesso. Una cosa sola non posso tollerare ed è di vedermi trattato come un pazzo che bisogna secondare. Può avvenire che un uomo come te, il quale visse solitario in compagnia della sola, pura, secca scienza mi consideri quale... come dirò?, quale un semplice assassino. Da te tollererò anche questa parola ma non che tu abbia a pensarla senza dirmela. La discuterò!

REALIE io non pensai mai una parola simile, ma niente che le avvicini neppure, per gettarla addosso alla tua persona sempre nobile e generosa. Sai! La scienza non è mai secca quando è vera scienza. Io posso comprendere tutte le passioni, anche quelle ch'io non ho provate. Io, per essere sincero, del tutto sincero, posso riferirti la mia esclamazione quando dieci anni or sono appresi la sventura che ti era toccata: "Quale disgrazia!" esclamai. E volli definire cosí tanto il fatto che la donna che amavi t'aveva tradito quanto quello che tu l'avevi uccisa. Altra lesione alla nostra amicizia non vi fu perché io non m'opposi al tuo matrimonio con Bice mentre se t'avessi stimato meno non l'avrei permesso. Ma tu ora vuoi codificare le azioni che la passione commette, vuoi renderle addirittura legali!

FEDERICO   (sorridendo). La passione! Quella ha da scusarci! Come mi capisci male! Come è allora che l'azione commessa nella passione non lascia rimorsi? Bisognerebbe concludere che da me la passione continui eterna. Perché adesso, a mente serena, rifarei quello che ho fatto. Vedi pure! Io difenderò Cerigni e con una certa voluttà, anzi, te lo confesso. Mi vendico una seconda volta.

REALI(scorato). Se la passione continua tuttavia, allora povera la mia sorella.

FEDERICO   (accalorandosi). Comprendimi, te ne prego! Non è di amore che parlo! È di odio! Dell'odio per un delitto di cui io ho sofferto tanto! Tu mi trovi mutato, nevvero? Sappi che dacché ci siamo visti l'ultima volta nulla di nuovo è avvenuto nella mia vita. No! Ogni anno che passa conta per me per due, per cinque e invecchio e avvizzisco nell'odio, nel livore. Oh! Avessi potuto ammazzare anche lui sarei piú giovine, piú forte; potrei dimenticare, rivolgere tutta la mia intelligenza ad altre cose, alla scienza che, tu lo sai, fu la mia pura vera felicità.

REALI(costernato). Povera la mia sorella.

FEDERICO   Ma tu ripeti una cosa che non pensi, che non pensi che non puoi pensare. Tutto quello ch'io dico a te sono pronto a ripetere a Bice e vedrai ch'essa non se ne sentirà lesa.

REALISe cosí fosse, avrei qualche cosa a ridire sull'amore coniugale di mia sorella.

FEDERICO   Oh! tu non ci conosci! Io guardo costantemente dietro di me ed essa che cominciò ad amarmi proprio per avermi visto tanto energico prima alla difesa del mio onore e poi di me stesso, m'ama come sono e sono sempre quegli ch'ella amò.

REALIMa lasciamo stare voi ch'io vorrei escludere da quest'argomento. È anzi questo ch'io da te esigo. Abbiamo da trattare il fatto Cerigni e non il tuo. Io mi appello al legale, allo scienziato. Spogliati delle tue passioni e comprendi tutti i diritti degli altri, il diritto d'amare e di vivere prima di tutto.

FEDERICO   (con voce roca). Non comprendo neppure quello che tu vuoi dire!

REALIFederico! Federico! T'ho già offeso proclamando il diritto d'amare degli altri? Ma dove è la possibilità che ci sia offesa per te nel fatto che la moglie del Cerigni abbia amato altri che il proprio marito?

FEDERICO   (c.s.). Tu non la vedi?

REALI(deciso). No! Senti! Tu sai che all'amore io ci ho pensato poco. Già da giovine incominciai a teorizzare a considerare la mia vita quale una vita a parte, da contemplatore. Oggi poi invecchiato, all'amore non ci penso che con la curiosità che può sentire un altro sentendo parlare di paesi che non vedrà giammai. Ebbene! Io muterei il mio destino tanto sereno pieno del godimento della mia inerzia contemplativa che non mi turba e che mi svaga, col fosco destino del giovine Arbe il quale seppe ispirare e sentire un tale amore.

FEDERICO   Chi è costui?

REALIL'amante della Cerigni.

FEDERICO   (ironico). A quest'ora naturalmente tutti sanno ch'egli è il fortunato mortale che costò la vita ad una donna e l'onore ad un uomo.

REALINon è certo lui che lo divulgò!

FEDERICO   (c.s.). Ma tutti lo sanno meno il marito probabilmente.

REALINon tutti! Io, però, lo so esattamente e sta a sentire come. Ero a trovare all'ospitale tempo fa il dottor Emmo. Volle consultarmi sull'opportunità di precipitare l'amputazione di due arti lesi gravemente. Sai che cosa sia una lesione grave? (A un gesto ripulsivo di Federico.) Lascia che te lo spieghi. Quando nel nostro corpo un osso si spezza, talvolta esso diventa un'arma micidiale. Taglia muscoli, carne e pelle e si sporge ad offrire al contatto dell'aria contaminata il proprio midollo. Il possessore delle due gambe sfortunate era il povero Arbe. (A Federico che alza le spalle.) Oh! non ebbi a commuovermi alla vista delle gambe. Io credo d'aver visto in vita mia tutto quello di peggio che può avvenire a questo nostro povero corpo! L'Arbe era perfettamente in sé dopo aver passato varii giorni in delirio in seguito alla scossa cerebrale riportata. Oramai si sa esattamente tutto quello che gli è avvenuto. Destato dal suo sogno d'amore dal grido d'allarme gettato dalla cameriera egli senz'altro si gettò dalla finestra. Tentò di giungere al primo piano almeno sulle sporgenze decorative del ricco palazzo; ne fanno fede le sue mani orribilmente escoriate. Non poté e precipitò pesantemente al suolo producendosi quelle ferite che t'ho detto. Ma egli non fu trovato al posto ove cadde. Con una forza veramente sovrumana con le sole mani che si trovavano nello stato che t'ho detto s'allontanò da quel palazzo quanto poté. Pochi passi, è vero, e fu facile capire da quale punto egli giungesse perché un filo di sangue marcava il suo passaggio. Quale viaggio dovette essere quel breve percorso! Dall'infermiera, una suora, seppi il resto. Il delirio lo ricondusse immediatamente all'amore da cui era stato strappato in modo sí rude. La suora, cui l'amore è interdetto, lagrimava riferendoci le espressioni d'amore ch'essa aveva udite. Lo trovarono col fazzoletto in bocca per impedirsi di gridare. Anche ora diffida di tutti e la madre che passa anch'essa la vita al suo letto non poté ancora avere una confessione da lui. Tutti sanno tutto ma non possono dirglielo. Sarebbero obbligati di dirgli nello stesso tempo che Elena Cerigni per colpa sua fu uccisa e ciò significherebbe forse ammazzarlo.

FEDERICO   Un bravo giovine, ma ciò non prova nulla.

REALILo conosci tu? Una testa d'adolescente corretta da un maschio sguardo aperto. Si anima quando vede una faccia nuova. Procura di ciarlare per spingere alla ciarla gli altri. Ti ficca gli occhi neri in faccia e tu che sai tutto indovini la domanda che ti fa. A me domandò quali famiglie frequentassi qui. Aveva cominciato col dirmi che la parte piú grave della sua malattia era la noia che provava. Dimenticava le sue gambe spezzate! Poi s'interessò dell'esser mio e con una politica meravigliosa arrivò a chiedermi in modo che non poteva destare sospetti quali famiglie io qui frequentassi. E di ognuna s'intrattenne con uno spirito che veramente sarebbe stato a posto in un salotto di conversazione. Era uno sforzo il suo per arrecarmi diletto e farmi ciarlare. Senza malizia, te lo assicuro, io nominai i Cerignola. Lo misi a dura prova. Accortomi della somiglianza del nome, sulla seconda sillaba mi fermai e fu peggio. Se tu avessi visto quel volto emaciato come si contrasse nello sforzo di non tradire l'ansia. Avrei voluto liberarlo almeno da quello sforzo doloroso e gridargli: Ma a che serve il tuo eroismo? Il marito ha già divulgato tutto.

FEDERICO   (con ironia). Già. Se non ci fosse stato il marito, nulla di male sarebbe avvenuto.

REALIOh! Federico! Una volta io dicevo di te che le piú alte intelligenze dovevano inchinarsi alla tua. Oggi io dico che a te manca il piú comune buon senso. (S'avvia, poi s'arresta.) No! il mio dovere m'impone di dirti tutto. Senti! Se tu accetterai la difesa del Cerigni vedrai comparire il tuo nome non solo quale avvocato difensore. Sarai tirato in causa in tutti i modi: Quale marito che uccise la moglie e quale scienziato che scrisse in modo da non far supporre in lui un difensore dell'odio e della violenza.

FEDERICO   Si fa allusione a quei miei opuscoli giovanili dimenticati da tutti e da me stesso.

REALISí e specialmente ad uno: La Morale Scientifica moderna, un opuscolo tenuto in stile quasi arido scientifico ma di cui ogni pagina appare animata dalla fiducia nella bontà umana. È tuo quel detto: Il delinquente può meritar castigo ma non odio. All'epoca in cui pubblicasti quell'opuscolo l'idea parve audace. Oggi è ammessa da tutti meno che da te... a quanto pare.

FEDERICO   La minaccia di ripubblicare quella raccolta di bestialità ch'è quel mio opuscolo non mi spaventa. Chi fece tale minaccia?

REALIUn congiunto della Cerigni indignato d'apprendere per quali vie subdole si voglia arrivare all'assoluzione del marito che non è, te lo ripeto, degno del tuo appoggio.

FEDERICO   (calmo e risoluto). Non è di lui che si tratta e non di Arbe; di me solo si tratta qui. Difenderò Cerigni per ottenere una seconda volta la mia assoluzione. Come puoi credere che le tue parole per quanto ben confezionate non abbiano ad apparirmi quale una condanna del mio passato? T'invito al processo Cerigni; è là che discuterò la mia causa. Può essere ch'io manchi di senso comune; vedrai però come saprò soggiogare il senso comune altrui.

REALI(con disdegno). Della retorica!

SCENA OTTAVA

AUGUSTO, poi ARIANNA e DETTI

AUGUSTO   (va a Federico e gli parla a bassa voce).

FEDERICO   Venga pure! (Seccato e rassegnato, Augusto esce.) A proposito! È la madre di Clara! Un'altra che mi considera un assassino, ma almeno quella me lo dice in faccia.

REALI(con slancio). Ma Federico, hai bisogno tu ch'io ti dica quanto ti stimi e ti ami? Io ti rimprovero il tuo presente e non il tuo passato. È solo una divergenza di opinioni fra noi e dovremmo perciò odiarci?

FEDERICO   (lo guarda negli occhi, poi gli stringe la mano). Ti credo! Grazie!

ARIANNA   Ho chiesto di parlare all'avvocato Arcetri.

FEDERICO   Ed io sono qui ad ascoltarla. Mio cognato Alfredo Reali può forse assistere al nostro colloquio?

ARIANNA   No!

REALI(che la guarda attentamente). Tuttavia io vorrei rimanere qui.

ARIANNA   Vi fu raccontato dell'attentato che commisi su vostro cognato? Oh! rassicuratevi! Sono inerme del tutto! Visitatemi! (Alza le braccia.)

FEDERICO   Te ne prego, Alfredo, lasciaci soli. Non temere di nulla. Quell'attentato di cui essa parla fu una cosa veramente inoffensiva.

ARIANNA   Inoffensiva perché non riuscí. A me importa che il vostro signor cognato sappia ch'io ho fatto quanto ho potuto per danneggiarvi.

FEDERICO   Sta bene! Sia come volete! Ma tuttavia resto con voi solo. Addio Alfredo! (Lo accompagna alla porta poi ritorna al suo tavolo.) Eccomi a voi! Accomodatevi!

ARIANNA   Non occorre! Sarò breve! (Solleva la propria veletta, Federico ha un gesto di sorpresa.) Mi trovate mutata molto? Vi sorprende di trovarmi in tale stato? Ho lasciato da pochi giorni il letto ove stetti quasi un anno.

FEDERICO   (con premura). Ammalata?

ARIANNA   Sí! Il medico che mi avevano chiamato mi trovava ammalata ma mi diceva sempre che per vivere avrei dovuto alzarmi e girare per la città o andarmene in campagna. Ma io non sapevo che fare né in città né in campagna e restavo in letto spossata esaminandomi se forse riposando tanto mi sarebbe venuta la forza per tentare infine qualche cosa di piú efficace contro di voi. Invece morivo! Avevo sempre intorno al mio letto il fantasma della mia Clara e a voi pensavo poco. Ora l'affievolirsi del mio odio per voi significava certo l'affievolirsi della mia vita stessa. Voi con la mia morte guadagnavate poco o niente perché io nulla ho potuto contro di voi. Ho tentato di ammazzarvi, di deturparvi e voi sapete come il mio braccio fu debole, e come ebbi bisogno della vostra misericordia! Quanto male mi fece quella misericordia! Ho pensato di colpirvi nelle sostanze, di togliervi fino all'ultimo centesimo della dote di Clara. Eravate povero quando l'avete sposata; volevo che tornaste povero. E dovetti accorgermi che restavate ricco anche se vi toglievo gli averi della poveretta. Che cosa potevo fare di piú? A forza di perseguitarvi divenni ricca io stessa, ricca, ah! ah! ricca! (Con una risata da pazza.) Che cosa potevo fare di piú? Anziché fare del male a voi, feci del bene a me! Ah! Ah! E non potevo fare altro! Vi stimano, vi amano, vi proteggono! V'hanno assolto! Mi posi in quel letto e vi stetti come vi dissi per attendere e anche per nascondermi. Sapete voi che cosa evitavo con la massima gelosia? La luce del giorno! Ne arrossivo! E sapete perché? (Con grande violenza.)

FEDERICO   Io non so attribuirvi alcun delitto meno che il vostro odio per me. Vi fu un tempo in cui parve che tale odio s'attenuasse. Ve ne ricordate? Un giorno, in carcere, piangeste con me!

ARIANNA   Me lo ricorda! Me lo ricorda! È perciò, è perciò ch'io evito la luce del giorno! Mai, mai non s'attenuò il mio odio pel vostro misfatto! Voi non avete capito niente, voi mentite! Io mai vi approvai! La stupefazione che in me si produsse all'apprendere il vostro misfatto mi lasciò per molto tempo istupidita! Mi doleva e non sapevo neppure dove. È vero! è vero! Al primo istante ho potuto soffrire oltre che per la perdita di Clara anche per aver perduto voi! E nella mia disperazione quando pregavo Dio vi facesse assolvere, non immaginavo, non pensavo che Clara sarebbe rinata ma veramente qualche cosa di simile. Era stupido, talmente, che non arrivo piú a capirmi, ma era cosí! Tutto un periodo di sogno fu quello e per uscirne ci volle tanto tempo! Mi pareva impossibile che la morte di Clara fosse eterna! Sognavo - che so io? - che assolto voi avreste potuto assolvere a vostra volta Clara e ridarle la vita. Era fatto cosí il mio stupido cuore allora! Nessun ragionamento valeva a convincermi che, morta Clara, dovesse nello stesso tempo morire il mio affetto materno per voi. Io credo che il sentimento piú forte ch'io provassi allora fosse la compassione per voi! Oh! povero il mio figliuolo! pensavo credendo di conoscervi. Perché non è morto nello stesso tempo? Lo assolvano pure ma come potrà egli vivere? Vi credevo martoriato dai rimorsi! (Federico, alza le spalle.) Oh! non protestare! Oramai so che non avete rimorsi! Ma potevo crederlo! Anch'io posso ricordarvi le lagrime che spargeste in carcere! Ve le ricordate? Eravate ai miei piedi torcendovi nella polvere gridando che non piangevate il vostro proprio destino, la prigionia, forse l'ergastolo, ma quello di Clara e del vostro amore. Mi baciaste la gonna e i piedi... Ve ne ricordate?

FEDERICO   (vivamente commosso). Io piangevo la moglie fedele che avevo perduto prima, molto tempo prima della sua morte. Volete che la piangiamo insieme ancora?

ARIANNA   (alzando le mani al cielo). Oh! Oh! turpe proposta!

FEDERICO   (domando la propria commozione, dopo breve pausa). Se non erro siete venuta per comunicarmi qualche cosa di nuovo?

ARIANNA   Sí! Lasciate però che vi dica ancora una cosa che potrà sembrarvi nuova. Voi commetteste non uno ma due misfatti. Avete uccisa Clara e tentaste di convincere me, sua madre, ch'essa aveva meritata la morte. Piangere Clara insieme a me? Cominciate dal dichiarare che oramai capite d'averla uccisa in un accesso di pazzia e allora sarà possibile piangere insieme la vostra follia. Ma ciò non avverrà! Vi sposaste! Passate le vie salutando sereno e superbo come se accordaste un onore! Voi non provate rimorsi.

FEDERICO   No! Non ne provo e attendo con qualche impazienza di sapere quello che avete a dirmi.

ARIANNA   Avete ancora le lettere di Clara? Quelle che dicevate dirette al suo amante?

FEDERICO   (spazientito ma pur rispettoso). Comprenderete signora Arianna che le vostre parole su tale argomento m'arrecano una sofferenza grande. Ve ne prego, perciò, non pensate ad una mancanza di rispetto, se vi domando di cessare da questo colloquio. Ditemi in brevi parole quello che vi condusse qui e io, se lo potrò, vi compiacerò. Domandate! Domandate!

ARIANNA   Io non vi domando altro fuori che mi lasciate gustare un po' la mia vendetta.

FEDERICO   (incredulo). La vostra vendetta?

ARIANNA   Vi meraviglia? Anch'io ne sono stupita. È la mano di Dio questa, di Dio in cui voi non credete e che vi colpisce e mi libera. (Gravemente.) State a sentire, Federico, come fui levata dal letto ove volevo morire. L'unica mia amica, la vecchia French che voi ricorderete venne da me e mi disse con voce pacata: La signora Arcetri tradisce suo marito. Io che di solito stavo a sentire e anche quello meno che fosse possibile per poter seguire i miei pensieri tanto dolorosi e cari, mi destai interamente e gridai: Anche voi credete quello che l'assassino divulgò? Pensavo a mia figlia, io. E allora appresi che la vostra seconda moglie faceva quello che voi avevate sospettato della prima. Vi tradiva!

FEDERICO   (incredulo). Davvero? E lo scopo di questa vostra visita era di darmi tale nuova?

ARIANNA   Sí! Ma anche di consegnarvi le prove di quanto dico. Eccovele! (Gli consegna due lettere.) Sono soltanto due ma, se avete pazienza, potrò procurarvene delle altre. (Trionfante.) Perciò vi domandavo se avevate conservate le lettere che dicevate di Clara acché possiate confrontarle con queste.

FEDERICO   (che legge febbrilmente quelle lettere). Da chi le avete avute?

ARIANNA   Che cosa può importare a voi di sapere da chi le abbia avute? Sono sue?

FEDERICO   (balbettando). Credo! Mi pare! (Scoppiando.) Ma sí! Sono sue! Sono di Bice! Oh! incredibile! (Ritorna nel dubbio.) Perché? Perché? Tutto si ripete dunque?

ARIANNA   Non tutto! Nelle lettere di Clara vi irritava tanto di trovare ch'essa vi compiangeva; qui non troverete nulla di simile.

FEDERICO   (riprende le lettere e si rimette a leggerle). Una chiacchiera stupida! E poi? (Legge.)

ARIANNA   Non vi bastano?

FEDERICO   (cessa di leggerle, guarda le lettere, guarda Arianna). Io non so! (Con voce roca, poi con certa solennità s'erge.) Questo so che la vostra denunzia mi sconvolse in modo ch'io non sono ora al caso di giudicare. Andatevene e lasciatemi qui queste lettere. Le leggerò attentamente. (Rimettendosi con grande sforzo ancora meglio.) Andatevene! Io... vi ringrazio d'aver vegliato sul mio onore.

ARIANNA   Mi ringraziate? Non voglio i vostri ringraziamenti perché io venni qui per farvi del male.

FEDERICO   E invece mi faceste del bene! Andatevene!

ARIANNA   (s'avvia, poi s'arresta e ritorna a lui). Io ricordo che in carcere prima di scoppiare in pianto fosti anche cosí freddo e duro ed è perciò che io so quante lagrime s'ascondano in quegli occhi! Eri là stecchito per non piegarti e improvvisamente t'abbattesti a terra! (Federico la guarda con uno sguardo supplichevole.) E cosí mi guardasti anche allora perché volevi ch'io ti accordassi pietà senza che tu me la domandassi. Ed io te l'accordai; ricordi? (Federico s'abbatte su una sedia e singhiozza dapprima lottando col dolore poi abbandonandosi tutto.) Proprio cosí! (Senza sorpresa va a lui e gli pone la mano sul capo.) E come è importante il tuo pianto per me! Divenisti il mio figliuolo cosí piangendo. Ricordi? Clara era ammalata e noi due passammo insieme al suo letto otto giorni trascorrendo ad ogni ora dalla disperazione alla speranza. Quando essa guarí a te dalla gioia venne la febbre come a un debole fanciullo. Ed io ti curai, io ch'ero tanto forte. E nella febbre piangevi Clara morta e singhiozzavi cosí, proprio cosí. Ed io oltre alle medicine che i medici ti prescrivevano, te ne diedi una suggeritami dal mio cuore di madre. Ti passavo questa stessa mano su questi stessi capelli e allora i tuoi singhiozzi s'attenuavano e l'affanno della febbre ti dava tregua. Cosí! proprio cosí! E non era la febbre che ti faceva piangere; era l'amore ch'era stato minacciato tanto duramente che piangeva in te.

FEDERICO   Ma siete convinta ch'essa mi ha tradito e ch'io non lo meritavo?

ARIANNA   (gravemente). Sí! figliuolo mio! Essa ci ha traditi ed io non glielo avrei perdonato mai piú se tu non l'avessi uccisa. Sai! Noi madri non diamo punizioni eterne come vorreste voi mariti! Io le avrei detto: Hai fatto male e devi vivere per farti perdonare, ma vivere, vivere, non irreparabilmente morire. Invece tu la uccidesti e allora io non seppi piú se ti amavo o odiavo e oggi ancora non lo so. Ed ogni parola di conforto che ti dico ora diverrà per me un rimorso, eterno. Ma come fare? Io, madre, t'apportai un castigo irreparabile e me ne sanguina il cuore. (Dopo una pausa portandosi le mani alla testa.) Dio mio! La forza che mi sostenne fin qui mi abbandona. Vorrei essere nel mio letto. (Cade svenuta.)

FEDERICO   (spaventato). Mamma! Mamma! Augusto! Soccorso!

CALA LA TELA

ATTO SECONDO

Stanza in casa dell'avvocato Arcetri. Stanza semplice di ricevimento. Mobili comodi e serii. Tavolo con su dei libri, una boccia d'acqua e una lampada accesa. Un sofà con lo schienale rivolto all'ingresso di fondo. Due porte laterali di cui quella a destra conduce alla stanza di Federico e quella a sinistra a quella di Bice.

SCENA PRIMA

BICE e la CAMERIERA

CAMERIERA (aiutando Bice a levarsi il mantello). No! il signore non è ancora rientrato. È stato il signor Reali; l'ha aspettato un poco e se n'è andato dicendo che sarebbe ritornato piú tardi. Poi è stata qui (esitante) la signora Amelia.

BICE   Mi aveva lasciata poco prima per accompagnare Guido a casa. Che il bimbo sia ammalato? (Cessando di spogliarsi.)

CAMERIERA (esitante). Non credo.

BICE   Perché non crede?

CAMERIERA Signora! Io veramente non volevo dirglielo. Ma poi è troppo strano! La signora Amelia mi sembrava agitata molto. Quando io le dissi che la signora non era ancora rientrata non voleva crederlo. Mi diede del denaro perché le dicessi la verità. Sembrava credere non solo che la signora fosse rientrata ma che... ma che...

BICE   Ma che?

CAMERIERA Ma che fosse accompagnata dal signor Paolo.

BICE   (dopo una breve esitazione). Avrà creduto che abbiamo voluto farle uno scherzo.

CAMERIERA A me non parve ch'essa scherzasse e rifiutai il denaro dicendo che non ebbi giammai dalla signora l'incarico dire delle bugie.

BICE   Avete fatto bene, Giovanna.

CAMERIERA (esce e ritorna). C'è il signor Paolo Mansi!

BICE   Entri, entri.

SCENA SECONDA

PAOLO e BICE

PAOLO   (entra cauto, guarda d'intorno con attenzione, e poi sotto il sofà). Non c'è! Coraggio!

BICE   Che fa?

PAOLO   Sst! La porta è socchiusa! (Va a chiudere con cautela la porta.)

BICE   (spazientita). Ma che cosa fa dunque?

PAOLO   (fa come se rinvenisse da un sogno, poi con tristezza). Eccomi nella realtà! Ero nel sogno! Finché Ella non me ne trasse con la Sua rude domanda, potevo benissimo ritenermi un amante atteso con impazienza. E come godevo! Chiudevo la porta, guardavo in tutti i piú reconditi cantucci se ci fosse qualcuno. Non c'era nessuno!!! (Va ad aprire la porta e le parla.) Resta, resta aperta; sei talmente inutile. Nessuno avrà mai bisogno di spezzarti i cardini per aprirti. Stupida porta! Addobbo superfluo di un passaggio qualunque!

BICE (ridendo). Com'è peccato che sono obbligata di toglierle anche questo innocente divertimento! Ma vi sono obbligata!

PAOLO   Che cosa va dicendo? E i nostri patti?

BICE   Cera un patto, scritto anzi mi pare. Promisi infatti di ammettere ufficialmente la sua corte. Era un patto spiritoso e gentile; qualche cosa di simile si faceva anche alle corti d'amore medievali. Solo che nel nostro c'era una clausola modernamente umana ed è a quella che m'appello.

PAOLO   Non ricordo le clausole, ma denunzio il patto in genere. Troppo duro!

BICE   Bravo signor Paolo. Era questo che le domandavo.

PAOLO   E ne facciamo un altro?

BICE   Sí! di buoni amici!

PAOLO   Allora preferisco il patto vecchio. Signora Bice! Abbia compassione di me! Avevo accettato un contratto per se stesso tanto duro. Se adesso capitano a complicarlo delle clausole che non ricordo, allora facilmente mi trovo ridotto alla disperazione.

BICE   (ridendo). Quel facilmente è bellissimo.

PAOLO   Ho sbagliato! Diavolo! Sono sconcertato in un modo! Ho sempre pensato che non v'è nulla di piú bestiale che di adirarsi quando una bella donna non vuole saperne di voi. Ma questa volta la cosa è troppo grave.

BICE   Perché grave?

PAOLO   Grave perché la donna di cui si tratta è troppo bella. Ella commette una mala azione.

BICE   (ridendo). Non credo. La cosa mi divertiva e mi diverte ancora ma ho dovuto risolvermi a rinunziarvi. Rammenta che L'avvertii che quando la Sua corte avrebbe fatto soffrire qualcuno non L'avrei accettata piú?

PAOLO   Diamine... Federico, forse?

BICE   No! No! Non Federico! Egli non s'accorse di nulla. Anzi la Sua corte tanto spiritosa che mi divertiva sempre, diveniva seducente, appassionata in sua presenza soltanto. E... a dire il vero, Ella m'accordò ben di rado tale compiacenza.

PAOLO   Me lo creda, signora Bice, che si trattava non di paura ma di riguardo.

BICE   Riguardo per me?

PAOLO   Ella dovrebbe rammentare che il signor Federico ha l'abitudine d'ammazzare le donne e non gli uomini.

BICE   (con un'esclamazione di ribrezzo). Come il Suo spirito in tali frangenti inacidisce. Non ammazzò che la donna perché - al solito - l'uomo era fuggito.

PAOLO   Mi perdoni se ho offeso un membro della Sua famiglia ma mi passa tutta la voglia di ridere sentendo che Lei, signora Bice, proprio Lei, m'attribuisce vigliaccheria. Vuole una prova del mio coraggio? Facciamoci sorprendere in flagrante!

BICE   (ridendo). Un po' ardito ma non c'è male. Peccato ch'io abbia poca voglia di farmi sorprendere in flagrante. E non mica per paura, sa... (Interrompendosi.) Ma non ho nessuna voglia di avvilirla perché anzi desidererei di vederla ridivenire il mio buon vecchio amico ch'era stato prima. (Con calore.) Amelia soffre del Suo contegno. Me lo diede a capire. Io ho sbagliato; non ci avevo mai pensato ad Amelia.

PAOLO   E neppur io. Adesso che son costretto di pensarci debbo confessare che non mi fa piacere.

BICE   (ride). Sia pure! Abbiamo finito ridendo. Continuiamo a ridere e non se ne parli piú.

PAOLO   Ella desidera che Le restituisca quelle lettere che Ella ebbe la bontà d'indirizzarmi quando ero a Roma?

BICE   Oh! no! Le tenga per memoria o le distrugga! Badi che non cadano in mano a Amelia; è la sola persona che temo. In quanto alle Sue lettere, non so davvero dove le ho messe.

PAOLO   Cosí almeno abbiamo trovato il vero tono per dividerci. A sentirci - dica la verità - sembrerebbe davvero che stessimo sciogliendo un nodo ed il nostro infatti era difficilissimo a sciogliere. Era veramente il nodo gordiano... dopo tagliato. Io, posso dirlo con piena sincerità, non ci ho capito niente.

BICE (con malizia). Ella ha troppo spirito per poter capire. Tanto spirito che schiaccia tutto, anche la passione.

PAOLO   (riflette lungamente). Questa dovrebbe essere una spiegazione. Ma non basta! Se Ella avesse sentito qualche cosa per me, avrebbe ben presto capito che in me anzi la passione si converte in spirito proprio come lo zucchero in alcool. Il mio spirito è passione. (Riflette lungamente.) Eppure prima di troncare un colloquio tanto importante per me, dico per me, potrei darle la prova che io, oltre allo spirito ch'Ella con tanta bontà m'attribuisce, so, talvolta, dico talvolta, anche pensare e osservare. Ecco: Ella non mi ama e per capire un tanto non mi occorse di grande sforzo. Ma Ella non mi ama non mica perché io abbia troppo spirito, come Ella dice, o troppo poco come fa intendere. Ella ne ama un altro, povera signora Bice. Sí! disgraziata signora, Ella è innamorata del grande, formidabile, geniale Federico Arcetri.

BICE (ridendo troppo). Ah! Ah! Come bon mot passa; prova sempre di quello spirito...

PAOLO   Senta, signora Bice! Se ci fosse qui un fonografo e mi ripetesse tutte le parole che ho dette finora, arrossirei di vergogna. Diamine! Mi trovo in una posizione difficile e faccio vani sforzi per congedarmi con qualche grazia. Ma quando il fonografo con la sua voce reumatizzata ripetesse: Ella ama suo marito, il suo formidabile e geniale marito, respirerei e penserei: Ho un cervello che lavora con discreta esattezza. Ella non lo vuol riconoscere ed è da cattiva, sí, cattiva. Mi riuscirebbe di tale sollievo se Ella me lo confessasse! Me ne andrei leggero, leggero, senza il peso di alcun rancore! Me lo confessi! Ella ama Suo marito! In fondo non c'è niente di male. A me pare un po' ridicolo; mi pare di veder Amelia, ma insomma non posso dir nulla perché sta in legge! Se me lo confessa mi sarà facile di perdonarle d'aver usato di me come di un mezzo per prendere il povero Federico con la gelosia; anzi sarò sempre disposto di ricominciare.

BICE (sorridendo). Vada! Vada signor Paolo! Amelia l'attende.

PAOLO   Dunque è vero? Ella mi tradisce con lui?

SCENA TERZA

FEDERICO e DETTI

FEDERICO (entra, il soprabito abbottonato, il cappello in testa; si ferma esitante alla porta). Buona sera!

BICE Buona sera! Cosí di buon'ora!

FEDERICO Sí. Veramente assai di buon'ora. (Non guarda Bice in faccia, ella s'avvicina a lui per aiutare a togliergli il soprabito. Egli è titubante.) Non occorre. Sono venuto per... per prendere un atto che avevo dimenticato nella mia stanza. (Detto questo, si risolve e s'avvia verso la propria stanza a destra.)

PAOLO   (sorpreso del contegno di Federico). Buona sera, Federico...

FEDERICO Buona sera! (Poi si volge per un attimo.) Ah! vuoi andar via! A rivederci! (Esce.)

PAOLO   Mi pare alquanto strano! Che abbia udita la mia ultima frase? (Pensieroso.) Quale era veramente? Ah! sí: "Ella mi tradisce con lui!". È una frase che non può compromettere nessuno perché il suo carattere scherzoso salta agli occhi. Ma tuttavia non vorrei lasciarla qui sola nell'ora del pericolo. Mi permetta di rimanere qui. Se ce ne fosse di bisogno potrei, pur troppo, dare tutte le prove della Sua innocenza.

BICE   Vada! Vada! Non ho bisogno di testimonianze.

PAOLO   (appassionato). Potrei dare la prova che le nostre relazioni somigliano quelle di fratello e sorella. Il fratello portava il buon umore, la sorella il riso dolce, perlato, sonoro, - oh! come ne farò senza! - La sorella era l'ingenuità fatta persona ed il fratello anche, salvo che sognava l'incesto.

BICE   Dato il pericolo ch'Ella corre, non c'è male! Ma La prego, vada a tranquillare Amelia. Per quanto si trattenesse io compresi ch'essa era eccitatissima.

PAOLO   Vado subito! Mi dia la mano anche una volta. Oh! Bice! Potessi esprimere la passione come la sento! Dovrebbe pur essere una prova del mio amore il fatto che accanto a quell'uomo ch'Ella dice sanguinario cioè amante di sangue anche maschile, sono capace di ricordare tutta la mia passione.

BICE   Ma anche tutto il Suo spirito.

PAOLO   Ne ho fatto? Non lo ricordo. Ogni parola che indirizzo a Lei, a me pare suggerita dalla sola passione. Ella trova la mia passione risibile perché non la divide. Perciò Le sembra tutta un brutto bon mot. Io vado ma ripensi a me talvolta. Se Lei sapesse come il cuore femminile talvolta è strano... Non è affatto escluso ch'Ella senta di nuovo bisogno di me e del mio brutto spirito. Mi chiami senz'esitazioni. Io accorrerò ad onta di tutte le Amelie di questo mondo. (Prendendo un tono di società.) La prego, signora, di riverire da parte mia Federico e di scusarmi con lui se non ho potuto attenderlo.

BICE (lietamente). Cosí va bene! La prego di salutarmi tanto Amelia e... di tranquillarla. (Paolo esce dalla porta di fondo, Bice a destra. Federico entra dopo brevissimi istanti dalla porta di sinistra e si ferma sulla soglia con un rotolo di carte sotto il braccio, sempre ancora in soprabito e il cappello in testa.)

SCENA QUARTA

FEDERICO e poi BICE

FEDERICO   (perplesso). Indagare, adesso?

BICE   (rientra). Ancora sempre in soprabito? (Federico fa un lieve movimento di spavento.)

FEDERICO   Infatti! Fa caldo! Se avessi da uscire di nuovo, lo riprenderei. (Lo leva. Beatrice lo aiuta. Poi rimangono un istante a guardarsi, lui lo sguardo incerto, essa indagatore.) Chi era qui or ora?

BICE   (stupita). Non lo hai visto? Mi parve vi siate salutati. Paolo Mansi.

FEDERICO   Ho tanti affari per la testa. Non lo vidi. Lo salutai macchinalmente.

BICE   (fissandolo). Hai voluto ricevere quella donna...

FEDERICO   (con evidente aspetto di mentitore). Quale donna! Ah! quella! Non è venuta! Sono molto occupato. Ho avuto molte visite e... e... non ho potuto evadere gli atti per cui non vi ho accompagnato a Villa Luisa. Anzi adesso mi metterò qui, e non mi muovo di qua per molto tempo. Scusa se non ti faccio compagnia. (Siede al tavolo, apre gli atti, poggia la testa fra le mani e finge di leggere. Bice lo guarda lungamente non comprendendo, poi esce.)

SCENA QUINTA

FEDERICO poi la CAMERIERA

FEDERICO   (stringendo la testa con le mani). Calma! Calma! Calma!

CAMERIERA Signore! (Movimento di spavento di Federico.)

FEDERICO   Che volete?

CAMERIERA Il signor Reali è passato dal portinaio ad avvisare che non rientrerà per la cena.

FEDERICO   Sta bene! (La cameriera sta per andarsene.) Giovanna!

CAMERIERA Comandi!

FEDERICO   (si guarda d'intorno ed esita, poi). Ditemi... il signor Reali stesso è passato dal portinaio?

CAMERIERA Cosí mi fu detto dal portinaio stesso. (S'inchina e avvia.)

FEDERICO   (risoluto). Giovanna! Da quanti anni siete in questa casa?

CAMERIERA (un po' stupita). Quattro anni, signore!

FEDERICO   Quattro anni! Un periodo di tempo già molto considerevole.

SCENA SESTA

FEDERICO, la CAMERIERA, poi AUGUSTO

AUGUSTO   (a bassa voce alla cameriera in cui s'imbatte). Senta! C'è il signor Reali in casa?

GIOVANNA   No! Ma il signore è là. (Via.)

FEDERICO   (s'è levato in piedi). Chi cerca Lei, qui?

AUGUSTO   (confuso). Io cercava...

FEDERICO   Io so già chi Lei cercava. Reali! Che cosa voleva da lui?

AUGUSTO   (sempre piú confuso). Volevo...

FEDERICO   (minaccioso, ma sempre a bassa voce). Anche lei dunque mi tradisce?

AUGUSTO   Io, signor padrone?

FEDERICO   Non me lo rivela forse la Sua confusione? Ella ha cominciato dall'origliare alle porte e poi è corso qui a prevenire mia moglie o mio cognato. Tutti tradiscono dunque. I benefici continuati non salvano dal tradimento; i suoi capelli canuti non Le impediscono di cooperare alla mia infamia!

AUGUSTO   Signor Federico!

FEDERICO   Non si vergogna d'insozzare in tale modo i suoi ultimi giorni?

AUGUSTO   Mi perdoni!

FEDERICO   Domanda perdono! Ella ha già parlato e domanda perdono!

AUGUSTO   Io non ho parlato con nessuno, signor Federico! Glielo giuro! Io non ho origliato alle porte. Ella m'incaricò d'accompagnare a casa sua la signora Arianna e in carrozza essa stessa, con poche parole che le sfuggirono nella semi inconsapevolezza in cui si trovava mi rivelò tutto. Ho avuto torto però di aver voluto parlare con altri che con Lei. Mi permette di parlare con Lei signor avvocato?

FEDERICO   (con grandissima improvvisa gioia). Ebbene! Sia pure! Con te parlerò, mio vecchio amico! La possibilità di parlare con qualcuno mi ridona la forza. E perché non dovrei fidarmi di te? Ho bisogno di parlare io, per avere un giusto, sicuro concetto dei miei diritti e dei torti altrui. (Con effusione.) Io m'appoggio a te. Sei cosí sereno tu sotto ai tuoi capelli bianchi che quando t'avrò detto il risultato delle indagini che farò, leggerò nella tua faccia la sentenza e potrò eseguirla senza dubbi, senza esitazioni. Sia! Le esitazioni, i dubbi che sento muoversi in me m'obbligano a ciò. Sii tu il suo difensore! Io non domando, non domando che di essere giusto. (Confidandosi.) Hai udito, ah!... (Ridendo sinistramente.) La seconda volta in mia vita! Quale destino ridicolo! Ma dimmi un po', Augusto: Che cosa ci ho io nella mia figura di turpe o di ridicolo, perché le migliori donne sieno irresistibilmente portate a tradirmi?

AUGUSTO   Ma noi della signora Bice non sappiamo nulla. La deposizione di una sua nemica non prova nulla.

FEDERICO   E le lettere che mi furono consegnate?

AUGUSTO   Se ho avuto tale desiderio di parlarle è per metterla in guardia proprio a proposito di quelle lettere. Le parole della signora Arianna erano tanto strane! Non si sapeva piú se fosse lieta o disperata di aver consegnate quelle lettere. Si frugava il petto cercando. Vedendo ch'essa non riusciva a trovare quello che cercava, le domandai che cosa cercasse. Ella mi rispose: Le lettere. Poi, chiaramente ma molto chiaramente, aggiunse: Non voglio dargliele; sarebbe un'infamia. Perciò è evidente che quelle lettere sono falsificate.

FEDERICO   Oh! non crederlo! Io so le ragioni per cui Arianna parlava cosí! Ogni qualvolta essa poté farmi del male, ne ebbe subito rimorso.

AUGUSTO   Quale caso strano che quelle lettere, se autentiche, abbiano da cadere in mano della signora Arianna. È da non credersi che sieno vere.

FEDERICO   Eppure sono vere! Ne riconobbi il carattere e il modo d'esprimersi di Bice e persino la carta e l'inchiostro di cui si serve.

AUGUSTO   (ostinato). Possono essere state falsificate molto bene. Madonna Santissima! Le cose non sono mai sicure. Vede! Un giorno mi furono date delle lettere che mi dissero essere di mia moglie. Parevano proprio scritte da lei. Avevano il carattere suo e contenevano persino gli errori di grammatica in cui essa incorre di solito. Indagai per bene le cose e si trovò poi che non erano sue.

FEDERICO   (intensamente attento). E come giungesti a un tanto?

AUGUSTO   Essa stessa m'assicurò che non erano sue, ma con accento di tale sincerità che non ho potuto dubitarne un istante.

FEDERICO   (lo guarda lungamente). E queste furono le tue indagini?

AUGUSTO   Sí!

FEDERICO   (convinto che Augusto parla seriamente). Sta bene! Ognuno indaga a modo suo!

AUGUSTO   Ma io credo che il modo mio sia il giusto. Se Lei prende queste lettere, va dalla signora Bice e le domanda se sieno sue o no, quello che a Lei, signor avvocato, non sarà rivelato dalla bocca della signora, Le sarà rivelato dai suoi occhi. (Tutto con qualche vivacità.)

FEDERICO   (con l'intenzione di rabbonirlo). Capisco! Capisco! Ma io non posso seguire il tuo esempio. Le lettere stesse - le ho studiate - non provano ancora abbastanza. Non contengono una parola che equivalga ad una confessione. Io debbo sorvegliare, spiare, sorprendere! Ma è tale una tortura quest'ufficio da morirne. Perciò silenzio! Assoluto silenzio! Una parola imprudente potrebbe prolungare la mia agonia! Poi la risoluzione s'imporrà da sé! (Cammina agitato, poi si ferma esaminandosi.) Eccomi ritrovato intero. Ho la forza, la risoluzione e l'ira. (Ad Augusto.) Però le lettere non provano nulla e nulla posso fare.

AUGUSTO   Ma io sono beato che le cose stieno cosí.

FEDERICO   Ed io no! Le lettere provano già una colpa se sono sue. Sconciamente spiritose, rivelano un'intimità non permessa con la persona cui sono indirizzate. In tutti i casi la mia felicità domestica è ruinata. (Torvo.) Arianna riconoscerà d'aver avuto torto credendo di trovarmi piú vile con altra di quanto lo sia stato con sua figlia.

AUGUSTO   Oh! ci pensi prima! Lungamente ci pensi!

FEDERICO   E dimmi un po'! Se a tua moglie non fosse riuscito di convincerti della sua innocenza, che cosa avresti fatto, tu? Che cosa avresti fatto se tu l'avessi sorpresa in colpa?

AUGUSTO   (imbarazzato). Io? Sa, io non sono mica un uomo di società! Io sono un uomo semplice che non può dare norma.

FEDERICO (lo guarda lungamente). Un uomo semplice che somiglia molto ad un uomo complicato. Mi pare di sentire Reali. Io non ti domando di servirmi di norma. Che c'è di comune fra me e te? Per una semplice curiosità di osservatore, ti domando di dirmi quello che allora avresti fatto.

AUGUSTO   Sono anche molto vecchio io per saper dire quello che avrei fatto quando mi correva per le vene tutt'altro sangue.

FEDERICO   (spazientito). E ancora! Non ti rammenti le idee di vendetta che avesti allora? Fa uno sforzo di memoria.

AUGUSTO   È vero! Mi passarono dei bagliori rossi dinanzi agli occhi! Pensai anch'io di uccidere! Ma ora, ora (con grande slancio) ringrazio il cielo che m'abbia fatto credere a quanto mia moglie mi disse e m'abbia impedito d'uccidere quella ch'è ora la mia buona, la mia dolce infermiera.

FEDERICO   Insomma per essere esatti nell'idea e nella parola: Tu non avresti ucciso e tu non uccideresti!

AUGUSTO   (con sorriso mite). Sono paralitico a metà! Come potrei uccidere?

FEDERICO   (iroso). La parola esatta! Eccoci di nuovo nella piena menzogna! Dunque a me non si può dire la verità pura, intera, in faccia? Ma lasciamo stare. Vi rinunzio!

AUGUSTO   (chiedendo indulgenza). Signor Federico!

FEDERICO   Non spaventarti! Non ti chiederò piú che quelle cose che potrai dirmi con parola franca. E le altre che non hai potuto dirmi, le ho già intese; ti dirò anzi una cosa, oh! uomo semplice!, una cosa che deve servire di risposta alle cose che tu non mi dicesti. Vedi, con lieve sforzo, io posso comprenderti e... scusarti. Voglio dire che il fatto che tu non avresti ucciso una moglie colpevole non eccita il mio disdegno. Io ti stimo e ti amo come prima. Saresti tu altrettanto intelligente d'intendere me che ho ucciso e che ucciderò?

AUGUSTO   Speriamo di no! (Con fervore.)

FEDERICO   (con disdegno). Speriamolo! Ma rispondi a quanto ti domando. Puoi intendere me come io intendo te?

AUGUSTO   (bonariamente). Oh! io so che in certi casi bisogna uccidere... Io non ho voluto perché... io sono fatto cosí e poi perché si provò che mia moglie era innocente.

FEDERICO   (iroso). C'è fra me e te un abisso, un intero profondo abisso che non si può varcare. (Ravvedendosi.) Del resto capisco. Il torto è mio; ho finito col tirarti con le domande proprio dove avevo già capito di non poter trovare da te una risposta franca. Lasciamo stare!

AUGUSTO   (domandando indulgenza). Signor Federico!

FEDERICO   Ma se ti dico che la colpa è mia! Senti! Io voglio servirmi di te proprio per quei servigi che la tua mite natura può dare. Donde proviene la mia inquietudine? Ho paura di me stesso! Ho paura di essere troppo pronto. E tu frenami! A te l'intera libertà di parola! Il nostro sia anzi un patto formale dal quale io non mi riterrò libero che quando tu non avrai piú la piú lieve obbiezione da fare.

AUGUSTO   (spaventato). Ma in tale modo finirò coll'essere io colui che uccide.

FEDERICO   (lo guarda studiandolo). Capisco! Fra noi due non ci può essere relazione di sorta!

AUGUSTO   Oh! signore! Sí! Ci può essere relazione fra noi. Ella è un uomo onesto e anch'io lo sono. Può essere che io non sarei stato tanto sensibile a certe offese ma tuttavia io merito la Sua fiducia. Ecco! Mi permetta di suggerirle i passi che io farei al posto suo; perché non comincerebbe col fare quello che farei io al posto Suo? Io che ho il sangue tanto freddo? Oh! Si lasci consigliare da me e non avrà a pentirsene. Perché vuole soffrire tanto? Vada dalla signora Bice, le faccia vedere quelle lettere ed essa, forse, con una sola parola saprà ridarle la pace.

FEDERICO   Ma non ti pare che avvisandola la metto in guardia e mi tolgo la possibilità d'arrivare piú presto ad una soluzione?

AUGUSTO   Oh! signore! Io sono vecchio e ho dimenticata la gioventú, ma una cosa ricordo: In certe circostanze non è mica vero il detto che uomo avvisato è mezzo salvato!

FEDERICO   (subito convinto). In fondo è questa l'indagine piú facile! Mi salvo dallo spionaggio vigliacco e vado innanzi, diritto, diritto al mio scopo.

AUGUSTO   È quello che Le dicevo io.

FEDERICO   (con un sorriso). No! No! Non è come la intendi tu. Io voglio la verità, non la calma. La verità e caschi il mondo. (Va alla porta a sinistra.) Bice! (Ad Augusto che s'avvia) No! Anzi! Aspettami! Va nella mia stanza e magari ascolta; io non te lo proibisco! (Inquietissimo.) Non viene ancora! Bice! (Attende ancora e s'inquieta.) Bice! Bice!

SCENA SETTIMA

BICE e FEDERICO, poi AUGUSTO

BICE   (di fuori). Vengo! Vengo! (Entra.) Quanta insolita premura!

FEDERICO   (improvvisamente molto abbattuto; evita di guardarla negli occhi). Siedi! Te ne prego! Ho da parlarti! (Le porge una sedia e ne prende una evidentemente per guadagnare tempo.) Ascoltami, Bice. (Con sforzo e guardando altrove.) Io ho da dirti una cosa molto importante per me e per te. Ho forse torto di fare cosí, ma cosí ho deciso. La fiducia nella sincerità umana non mi ha mai abbandonato. Io dunque m'appello a te, direttamente a te e a nessun altro. Ecco di che si tratta! (Cerca parole che non trova e poi, sempre esitante, trae dalla tasca le due lettere.) Anzi facciamo cosí! Tu hai qui queste lettere. Guardale! Io, nel frattempo, guarderò te! (Bice prende le lettere e le guarda con grande freddezza.) Non son tue? Io ne dubitavo, sai! Non possono essere tue. (Sollevato.) Ma chi può aver avuto un vantaggio a danneggiarti e falsificare tali lettere?

BICE   Non sono falsificate! Perché ritenevi fossero falsificate?

FEDERICO   (stupito). Son tue dunque? (Nella massima collera.) Son tue e lo confessi!

BICE   Perché no? Dacché son mie non posso mica attribuirle ad altri!

FEDERICO   E perché le scrivesti?

BICE   Ah! di ciò non credo di dover renderti ragione.

FEDERICO   (stringendosi la testa fra le mani). Non capisco piú. Vediamo! Se non è un giuoco della mia fantasia tu hai detto: Di ciò non credo di dover renderti ragione. (Pausa.) Ma hai visto di quali lettere si tratti? Guardale meglio! Tu credi, forse, sieno lettere innocenti dirette a qualche amico... o che so io...

BICE   Le ho viste! Sono dirette ad un uomo.

FEDERICO   (fuori di sé, urla). Ma intendi tu quello ch'io dico o son io che son pazzo e non capisco?

BICE   (calma va a chiudere la porta di fondo). Non urlare; si può anche uccidere facendo meno rumore.

FEDERICO   (tenta di calmarsi). È la sorpresa, la prima, la prima sorpresa. Poi sarà piú facile... (Ironico.) Vengo da quel buon figliuolo che sono a domandarti se queste lettere sieno tue. Sono anticipatamente convinto che non lo sono. Tu mi potevi dire: No, non sono mie. Io le avrei stracciate e non se ne sarebbe parlato piú. Volevo darti questo segno della piú assoluta fiducia.

BICE   E indifferenza!

FEDERICO   No! Cosí non si può chiamare il mio stato d'animo! Rammento d'essere stato già un'altra volta nel corso della mia vita altrettanto indifferente. La mia indifferenza fece correre sangue! (Calmandosi e con mestizia.) Poi seguirono anni di lutto e di tristezza.

BICE   Durante i quali noi due ci sposammo. (Con amarezza.)

FEDERICO   (rizzandosi). Dunque al fatto. Bisogna pur rendersi ragione delle cose. Queste lettere sono tue. Bisogna pur rassegnarsi a crederlo: La sorella di Alfredo Reali ha scritte queste lettere!

BICE   (scattando). E perché no? Ma credevi davvero che avrei acconsentito di lasciar seppellire in tale tristo modo la mia giovinezza? Avevo bisogno di vita, di amore, io e me lo sono procurato... (Un gesto di gravissima minaccia da parte di Federico la spaventa; parla perciò piú celermente) fino al punto in cui un marito quale sei tu non possa trovarci offesa!

FEDERICO   (per quanto celata traspare una certa soddisfazione di vederla spaventata). Aha! Adesso neghi! Finalmente neghi! Sta bene! Fino al punto in cui un marito quale son io non possa trovarci offesa? Io indagherò quale offesa mi sia stata fatta ed io giudicherò.

BICE   Se anche mi trovassi colpevole non mi uccideresti!

FEDERICO   (terribile). Bada! Bada, oh, Bice! Tu scherzi col fuoco! Ma non sai che sentendoti parlare cosí mi passano dinanzi agli occhi dei bagliori rossi e che vorrei correre all'azione?

BICE   Vorresti ma non puoi!

FEDERICO   (ghigna lungamente). Non posso! Non posso! Ma perché non potrei? Nessuno piú di me ha dimostrato di poterlo. Ah! non posso! Dice che non posso! (Ghigna ancora.) Io potrò quando saprò, quando non avrò piú dubbi.

BICE   Perché mi uccideresti? Per l'onore del tuo nome! Via! Uccidere per un nome! Il nostro sangue ha importanza e corre nelle vene del piú miserabile fra noi, ma il nostro nome? Fra pochi anni, piú o meno bruttato che sia, sarà stato lavato dall'oblio.

FEDERICO   (ridendo ironicamente). Continua! Continua! Queste teorie, del tutto nuove per me, altamente m'interessano. Chissà che tu non abbia a convincermi? Intanto mi sorprendono e ciò è già divertente.

BICE   Io so perché ti sorprendono!

FEDERICO   (c.s.) E posso saperlo anch'io questo perché?

BICE   Oh! Sí! (Un po' esitante.) Va da sé che con Clara le cose procedettero altrimenti. L'amavi ed essa lo sapeva. Io, invece... so il contrario.

FEDERICO   (serio). Amore a te, a te che proclami altamente il tuo diritto di trascinare il mio nome nel fango. Odio, il piú intenso, come per un animale sozzo che morde.

BICE   Le ragioni per amare o non amare non mancano mai. Amavi Clara ad onta... (Augusto si mostra sulla soglia e fa segno di preghiera a Bice che non vede.)

FEDERICO   Non nominare Clara, tu.

BICE   Amavi Clara e l'ami ad onta che...

FEDERICO   (urlando). Non nominarla, ti dico!

BICE   (con ira). Ma è dunque divenuta una santa la donna che uccidesti?

FEDERICO   (resta stupito, poi infuriato). Oltre a tutto ti diletti dunque di torturarmi? (Va per lanciarsi su lei.)

BICE   (vedendo Augusto). To'. Il signor Augusto! Che cosa fa qui il signor Augusto?

FEDERICO   (guarda Augusto e rimane interdetto per un istante) Ebbene! l'ho chiamato io! Che m'importa della pubblicità a me? Non ho mai temuto quella, io. L'ho chiamato perché non mi bastavano piú i miei occhi, le mie orecchie. Volevo che altri mi sapesse confermare l'esattezza delle mie conclusioni.

BICE   (ridendo). Ah! dunque io ho piú di un giudice alla volta. Se avrò da essere uccisa lo sarà con la collaborazione di piú persone. Una ti diede le lettere, un'altra ti aiuta nel giudizio. Spero che mi farai l'onore d'uccidermi con le tue stesse mani.

FEDERICO   (mordendosi le mani). Già quest'ironia meriterebbe la piú dura punizione.

AUGUSTO   (interponendosi). Signor Federico!

BICE   Ma a me questa pubblicità non piace e intendo di evitarla. Me ne vado, ma non temere; non mi allontano di troppo. Mi reco nella mia stanza... a tua disposizione. Non hai che da chiamarmi quando vorrai esaminarmi da solo. (Via.)

SCENA OTTAVA

FEDERICO e AUGUSTO

FEDERICO   (vuole seguirla con impeto). Mi deride!

AUGUSTO   (timidamente). Signor padrone!

FEDERICO   (furibondo). Ah! Osi arrestarmi ancora! Per la seconda volta! E le facevi dei cenni per avvertirla del pericolo che correva! Credi che non me ne sia avvisto?

AUGUSTO   Ma crede Lei, signor Federico, che la signora stessa non s'avvedeva del pericolo che correva?

FEDERICO   (forsennato). Tu menti! Tu menti! Via di qua! Lasciami passare! (Lo atterra.)

AUGUSTO   (piangendo). Signor padrone, signor padrone.

FEDERICO   (che sta per andare oltre, si ravvede; esita ancora un istante e va ad Augusto). T'ho fatto male?

AUGUSTO   (si capisce che esagera ad arte il male). Sí! sí! molto male. La mia vecchia gamba!

FEDERICO   Oh! t'ho fatto male; perdonami! (Lo aiuta a rizzarsi.)

AUGUSTO   (barcollante). Nulla, nulla, signor padrone.

FEDERICO   (gli pulisce le vesti; s'avvede che sta male in piedi e lo accompagna ad una sedia). Come ti senti?

AUGUSTO   Non è nulla, signor Federico. Non sarei caduto se non avessi questa mia gamba reumatizzata. Che sia rotta? Io non sento dolori ma il male è che la gamba era sempre alquanto insensibile.

FEDERICO   (spaventato). Rotta? Oh! prova di alzarti, te ne prego!

AUGUSTO   (con sforzo s'alza in piedi). Oh! non è nulla. Non c'è nulla di rotto. La carcassa è intera. (Siede di nuovo.)

FEDERICO   E allora perché rimani seduto? Hai preso spavento? (Vede il fiasco d'acqua e corre a versarne un bicchiere che offre ad Augusto.) Prendi!

AUGUSTO   Ma non ne ho bisogno, signor Federico. Se le fa piacere, però... (Beve.) Non ho preso paura! Io già sapevo che Lei non m'avrebbe fatto del male.

FEDERICO   Io non ne ero tanto sicuro. Hai fatto male, tu, di metterti fra la mia ira e quella donna. Capisci che se in luogo di te ci fosse stata lei, là, a terra, l'avrei uccisa. Prova ancora di alzarti, te ne prego!

AUGUSTO   Mi lasci perché io sto benissimo! Ma come? È dunque proprio vero che Lei è tanto adirato con la signora Bice? Ma Lei, signor Federico, non ha capito niente di tutto quello che ho capito io, di tutto quello che m'è saltato agli occhi, ai miei poveri occhi a mezzo ciechi? Quale fortuna ch'Ella m'abbia permesso di restare là ad ascoltare! Non s'avvede che tutto ciò non è altro che una commedia montata per agitarla?

FEDERICO   (fosco). Sarebbe un'infamia!

AUGUSTO   (giocondamente). Infamia? Tutt'altro! È l'amore, è la vecchia storia dell'amore che si crede negletto e che tenta di rifarsi suscitando gelosie.

FEDERICO   (c.s.) E perché credi ciò?

AUGUSTO   Ma via! Ancora non se ne accorge? Cerchi di ricordare le parole dette dalla signora Bice! A me che stavo a sentire e che non so niente dei fatti loro appariva infatti che fra loro due ci fosse un colpevole. Ma questi, in fede mia, non era la signora Bice.

FEDERICO   (c.s.) Dunque il colpevole sarei io? Ma di che?

AUGUSTO   (sempre bonario). Oh! non Le saprei dire un tanto. Per l'innocenza della signora Bice io garantisco; per la Sua, no! (Commosso.) La nostra buona padrona, la signora Bice! È la prima volta ch'io l'amo tanto. Adesso, signor Federico, la chiami di nuovo, le dichiari ch'essa ha torto di dubitare del Suo amore e poi vedremo. Ma io me ne vado, sa! Vedo dinanzi ai miei occhi la scena che immancabilmente va a succedere fra loro due e non vorrei rappresentarvi la parte di pubblicità.

FEDERICO   (distratto). In quanto a me puoi rimanere!

AUGUSTO   (lo guarda lungamente). E se a quest'ora io dovessi riconoscere che la signora Bice ha ragione?

FEDERICO   (amaramente). Ragione di deridermi in tale modo?

AUGUSTO   Ragione di credersi poco amata e anche ragione di ricorrere a tutte le arti che il suo ingegno le suggerisce per attirare la Sua attenzione. Oh! la brava, l'ammirabile signora! Non ha visto che pur di riuscire a scuoterla si sarebbe fatta uccidere?

FEDERICO   Io temo che tu ti fidi troppo del tuo spirito d'osservazione!

AUGUSTO   Oh! signor Federico! Son cose tanto evidenti che ci vuole aver l'occhio offuscato dalla passione per non vederle.

FEDERICO   (senz'ironia, quasi con curiosità). Perciò tu trovi che io sono un marito felicissimo?

AUGUSTO   Oh! come può avvenire che tocchi a me, un povero vecchio, che l'amore ricorda solo perché gli altri di tempo in tempo gliene parlano, di spiegarle certe cose?

FEDERICO   (dopo un istante di riflessione). Sta bene! Parlerò con Bice, ma non oggi. Voglio prima calmarmi e lasciare che anch'essa si calmi. Anzi giacché è sicuro, come tu hai capito benissimo, ch'essa è innocente, pregherò mio cognato d'assistere alle nostre spiegazioni. Ci comprenderemo meglio in sua presenza.

AUGUSTO   Povera la signora Bice! Faccia Lei come vuole! In tutti i casi io qui sono superfluo! Spero che Lei troverà parole per spiegare alla signora la mia presenza qui! Già, io, la prima volta che m'imbatterò nella signora Bice le bacerò umilmente la mano. Essa intenderà quanto rispetto e quanta ammirazione io le porti. Buona sera signor Federico. (Via.)

SCENA NONA

FEDERICO solo, poi BICE

FEDERICO   (s'è assiso al tavolo; come per immergersi meglio in un pensiero ha poggiato i gomiti sul tavolo e la testa fra le mani. Lentamente la testa scivola finché la fronte va a toccare il tavolo. Dopo una pausa, egli s'alza con un gemito d'orrore). Oh! Oh! (Corre alla porta di destra e chiama) Bice! Bice! te ne prego! Vieni! te ne prego!

BICE   (ha gli occhi rossi di pianto ma l'attitudine ferma). Che vuoi? Sei poi solo?

FEDERICO   Te ne prego! Avrei da parlarti, da parlarti calmamente e di cose che pur possono avere qualche valore per te. Perdonami se ho fatto assistere Augusto al nostro colloquio! Sai! Io mi conosco troppo pronto e violento e ritenevo di aver bisogno della presenza di qualcuno che mi freni. Credimelo! È stato bene, molto bene per ambedue ch'egli si sia trovato presente al nostro colloquio.

BICE   Io non m'accorgo del vantaggio avutone.

FEDERICO   Oh! smetti, te ne prego, quest'amarezza che m'affanna. Come l'ho meritata io? Ho dubitato di te ed ho avuto torto. Ecco le tue lettere! Te le restituisco. Io le ho già dimenticate. Non ti domando neppure a chi fossero dirette.

BICE   (le pone sul tavolo). Lasciamole lí! Si capisce che non hanno importanza né per me né per te.

FEDERICO   (ha un movimento d'ira; padroneggiatosi parla con dolcezza). Vieni qua Bice; cerchiamo d'intenderci, te ne prego! Voglio guardarti nei tuoi occhi, nei tuoi begli occhi. Forse mi diranno essi qualche cosa giacché tu non vuoi dirmi nulla. Senti! Ricordi che cosa io ti dicevo dei tuoi occhi quando eravamo fidanzati? (Bice annuisce.) Ebbene! Che cosa ti dicevo di essi?

BICE   Dicevi ch'erano tanto vivi che, guardandoli, si dimenticava la morte. Ed io, innocente, consideravo ciò quale un'espressione d'amore.

FEDERICO   Perciò li amavo! Oh! tanto li amavo! Erano la vita! Dovevano cancellare la morte della mia vita.

BICE   E poi perché non li amasti piú?

FEDERICO   Io non lo sapevo fino ad oggi. Oggi lo so! Era la colpa che vi passava.

BICE   Non la colpa; forse il desiderio, il bisogno della colpa.

FEDERICO   Ed è la stessa cosa. La minaccia della colpa. Una minaccia orrenda! E allora quegli occhi ch'erano la vita, divennero la morte, la morte data da me. E mi guardano già adesso quando hanno ancora tutta la loro luce, rimproverando, pieni di lagrime, pieni delle ultime lagrime. (Bice si rasciuga gli occhi.) Sí! Non è mica vero che si possa uccidere e dimenticare. Io ho ucciso e dovetti farlo e - te l'ho già detto - lo farei di nuovo. Ma poi tutta la vita si muta e diventa seria e fosca. Il colpo di coltello che diedi a Clara colpí me pure. Non avevo ancora raggiunto col mio coltello il suo cuore e già compresi che ferivo pur me. E tu devi comprendere come sia stato difficile per un uomo come me, reso mite, dolce, indulgente dalla scienza, di fare una cosa simile. Ci volle un'energia che ancora adesso, dopo tanti anni, me ne sento spossato. E almeno ella si fosse difesa! Come avrei

34

amato che mi avesse ficcato le unghie negli occhi! Ma no! Essa pose la piccola mano bianca sugli occhi per schermirsi, per non vedermi e mi lasciò fare. (S'incanta per un istante in quella visione.)

BICE (esterrefatta). Oh! comprendo! ora comprendo.

FEDERICO (risvegliandosi). Tu comprendi? Cosa comprendi tu? Il male che m'hai fatto oggi? Io non ci pensavo da lungo tempo perché io lavoro, lavoro, lavoro e non c'è tempo per immaginazioni e sogni. Quello ch'è passato dorme lontano. Ma poi (adirandosi) non bisognava rimettermi nella stessa posizione, farmi rifare una parte di quella tragedia. Ero agl'inizii, ma mi vedevo già arrivato all'ultimo atto e oltre a difendermi, a spiegare a tutti e a me stesso la mia azione. Io mi sento ora come se avessi ucciso Clara pochi minuti or sono. Un momento fa, abbandonatomi a quel tavolo ai miei sogni, mi ritrovai che uccidevo senza riposo. E quando guardo te, istintivamente il mio occhio cerca sul tuo corpo il punto ove dovrei colpire per farti soffrire meno.

BICE (c.s.). Oh! tu hai rimorsi!

FEDERICO (con falsa energia). Rimorso, no! Avendo fatto quello che bisognava fare, non c'è rimorso! Ma mai piú non devi mettermi a simile prova! Mai piú! Senti! Io voglio che tu comprenda come il mio interesse e il tuo esigano che tu accetti la posizione quale è: Io non ti amo e tu non ami me! Ma la tua fedeltà deve essere assoluta, tale da non ammettere dubbio! Guai se fosse altrimenti, guai a te e a me. Tu avrai tutto nella vita, tutto, fuorché l'amore. Ed io ti darò sempre di piú, sempre di piú. Io lavoro già molto ma lavorerò il doppio. Ma viviamo in modo da essere meno infelici insieme. Senti Bice! Tu non hai alcuna idea della nostra ricchezza. In questi ultimi anni io guadagnai delle somme imponenti. Non te lo dissi perché... non v'era scopo. Con Clara impoverivo ogni anno di piú. Si viveva allegramente mangiando il capitale. Io non lavoravo affatto; studiavo. Studiavo! (S'incanta come se cercasse di ricordare.) Studiavo di togliere con dei bei ragionamenti il carattere d'odiosità che pesa sul delinquente. Quando trovai poi il delinquente in casa mia con la faccia scomposta dall'irrisione e dalla menzogna, lo uccisi. Lo studio non era piú possibile e divenni un bravissimo fariseo che in ogni affare vede il proprio vantaggio. Sono molto accorto, sai. Se domani vuoi conoscere lo stato della tua fortuna vieni nel mio studio; è tutto tuo, io te ne farò donazione. Che cosa ne farei io? È anzi un favore che mi rendi obbligandomi di lavorare ancora, sempre. Almeno avrò uno scopo. (Insistente.)

BICE Ma io non ne avrò!

FEDERICO (furente). E allora bada a te! Io non indagherò, io non spierò, io agirò subito, subito come devo. Perché avrei da agonizzare cosí? T'ucciderò, sai, t'ucciderò! (L'afferra per le braccia.) Giammai ti sei trovata tanto vicina alla morte! Taci! Taci! Se non è per protestare la tua innocenza, taci! (Lunga pausa dopo la quale egli, affranto, cade seduto.)

BICE (toccandosi le braccia). M'hai fatto male!

FEDERICO (coprendosi la faccia). Vidi negli occhi tuoi la sofferenza. Vai, Bice, vai! meglio che proviamo ambedue di calmarci! (Dolcemente.) Io sono stato brutale ma non avrei potuto fare altrimenti. Sono il piú forte... ma sei tu che hai picchiato piú sodo. Ne ho il corpo rotto. Hai spiato, hai indovinato dove sia la piaga e là sulla ferita aperta spingi e picchi e mordi. Io invece ho tentato in tutti i modi di ferirti ma è difficile! Ti dici innocente! Perciò io non posso ucciderti e farti male altrimenti è impossibile. Mentre io sono in mano di tutti. Stimo io! Il mio passato è tanto complicato e tanto doloroso! Basta toccarlo... E pensare che io, unendomi a te, pensava di elevare fra me e il mio passato una barriera! Sei tu che mi vi ripiombi interamente cancellando con un soffio tutta, tutta l'opera riparatrice del tempo! Pareva quasi che tu amassi in me prima di tutto il mio delitto e ora me lo ricordi soltanto per farmi soffrire.

BICE (dolcemente). Si! Io amavo te interamente e in te era compreso il tuo delitto. Io sposai l'eroe! Sapevo che in te v'era una coscienza delicata come quella di una donna e tanto piú ammiravo che avevi saputo soffocarla per vendicare virilmente il tuo onore offeso. Io sapevo da mio fratello che ti conobbe fin dalla prima infanzia che tu non avresti saputo far del male ad un insetto. Eppure sapesti uccidere la donna che amavi! Ma ora! Hai dubbi, pentimenti, rimorsi...

FEDERICO Oh! parla, parla ancora cosí, te ne scongiuro!

BICE Eppoi chi può dubitare del tuo diritto di uccidere Clara? Come ha potuto tradirti? Nessuna donna commise mai un delitto maggiore! L'amavi tanto che l'ami oggi ancora!

FEDERICO (senza energia). No! No! Non l'amo!

BICE E perché sarei io tanto infelice?

FEDERICO (la guarda meravigliato). Ma tu dunque, tu, tu sei innocente fino in fondo all'anima?

BICE Sí, finora.

FEDERICO Se lo sei finora, lo sarai sempre. Perché credi che io non possa amarti? Vuoi che ti provi il contrario? (L'attira a sé.) Sei tanto bella! Perché non dovrei amarti?

BICE (un istante dubbiosa, poi s'abbandona). Ma l'hai dimenticata?

FEDERICO (fingendo un ardore che non sente). Chi? Io non ricordo altri che te se lo vuoi!

BICE (appoggiandosi i lui). Se lo voglio! E me lo domandi!

FEDERICO (baciandola). Cara! Cara! Vedrai! Io ritornerò con doppia lena al mio lavoro.

BICE Io non voglio il tuo lavoro. Ritorna ai tuoi studii. Che bisogno abbiamo noi d'arricchirci?

FEDERICO Io farò quello che tu vorrai. Ma sei innocente? Giuralo!

BICE Io non lo giuro, lo dico. (In un bacio.)

FEDERICO Provamelo!

BICE Non ne ho il mezzo. Ma non ti bastano le mie parole? Non ti basta quanto avresti già dovuto intendere? Non vedi che non posso averti tradito?

FEDERICO Eppure hai scritto queste lettere! Io le lessi, sai! Forse non ho saputo intenderle come avrei dovuto, forse da esse stesse risulta chiara la tua innocenza. Tu che le hai scritte rammenti qualche frase dalla quale tale innocenza risulti chiara? Pensaci Bice!

BICE Ma perché desideri ciò?

FEDERICO (dopo un istante d'incertezza). Sai! Io, in fondo, oltre che marito sono sempre un po' avvocato e mi piacciono i documenti. La mia convinzione è fatta, incrollabile. Tu mi ami, nevvero? Perciò si dovrebbero gittar via tutte le carte scritte e prestar fede ai documenti vivi. Ma tu non saprai guardarmi sempre come poco fa quando ti baciai. Io allora ruminerò, ruminerò come faccio sempre e mi riapparirà dinanzi agli occhi la tua colpa come mi fu presentata oggi. In quei frangenti sarebbe una bella cosa di poter levare dalla tasca una carta, ficcarci gli occhi dentro e tranquillarsi subito, subito. M'intendi?

BICE (che l'ha osservato intensamente, gelida). Io t'intendo meglio di quanto tu non possa credere. Non è per te che domandi tale documento; è per convincere altri. Tu non abbisogni di ciò; confessalo.

FEDERICO (confuso). Non dico mica d'abbisognarne subito, ma in futuro, chissà?

BICE Senti, se fosse per te, per conquistare il tuo amore io mi farei a pezzi per darti il documento che domandi. Ma per altri? Forse si trova in quelle lettere stesse ma io non mi degno di cercarlo, certo l'ho nel mio armadio ma non faccio un passo per andar a prenderlo! Vuoi ora comprarmi fingendo amore come poco fa lo tentavi offrendomi denaro.

FEDERICO Ma Bice!

BICE Io non ho colpe; te lo dichiaro; a te, se me lo domandassi per te e non per gli altri, ne darei anche la prova. Ma cosí no! (Commossa.) Mi sono avvilita abbastanza! Basta cosí! Tu puoi fare quello che vuoi, ora. Per parte mia ho esauriti tutti i miei mezzi. E questo posso dirti ancora, Federico: Tu, con me, non hai agito da gentiluomo. Addio!

FEDERICO Te ne prego, Bice, resta! Vediamo d'intenderci!

BICE (fermandosi esitante). Non possiamo intenderci piú!

FEDERICO Te ne prego! (Poi, a voce bassissima.) In nome del tuo amore! Del tuo, non del mio. Guarda come parlo sincero e esatto. Te ne prego! (Scongiura.) Siedi, là, lontano da me. Io ti rispetterò! Vedrai che non avrai a pentirti d'avermi ascoltato! (Siede sul sofà ove dà in smanie.) Sono vile! Sono vile! (Piangendo.)

BICE (piena di compassione). Federico!

FEDERICO Sí! Io ho voluto comperarti! Prima col denaro e poi offrendoti un amore che non sento. Amore! Io, amare! (Ridendo sinistramente.) Ora voglio essere sincero con te, come lo si è con una madre, con una sorella! Io ho bisogno che tu mi sia sorella, madre, tutto, tutto, fuori che amante. Io non ti amo! Ma che! Io non amo! Io non so piú amare, né te, né altri! Odio le donne che mi fecero tanto del male! Perché vorresti essere gelosa? Di chi? Io non ho piú amore, non posso perciò offrirtelo. Vuoi farmi del male perché sono ammalato? Tu mi ami! Te ne ho strappata la confessione in modo vigliacco. Me ne dolgo, me ne pento, ma non dimentico perché io ho bisogno del tuo amore. Ho sempre udito dire che nell'amore delle donne c'è del materno. Dimmi! Esamina la tua coscienza! C'è in te qualche cosa che si muova dinanzi al mio dolore? Qualche cosa che non domandi altro che la mia felicità o almeno la mia vita? In questo solo caso potrò ancora vivere; altrimenti m'uccido subito, subito, dinanzi ai tuoi occhi, perché tu sola puoi salvarmi.

BICE (spaventata corre a lui e lo abbraccia). Io voglio salvarti.

FEDERICO (dolcemente respingendola). Grazie! Non cosí però! Poni la tua fresca mano sulla mia fronte scottante e non abbracciarmi. Tutta la sincerità di parola e di gesto sia fra di noi. Salvami e non domandarmi niente in compenso. Io ti dirò tutta la mia bassezza, tutta la mia infelicità e tu mi salverai tutelando la mia dignità alla quale portai tanti sacrifici. Per tutti voglio essere un uomo, un uomo dal busto eretto, dallo sguardo fiero. Per te, solo per te, uno straccio d'uomo abietto, animato solo dal tuo volere, dal tuo consiglio. La responsabilità della mia vita è troppo grave. Eppoi io ho smarrito il senso comune che fa distinguere il bene dal male. Io non so piú niente. Dirigimi tu!

BICE (commossa). Voglio! Voglio! Farò tutto quello che mi domanderai.

FEDERICO Non ne dubitavo! Grazie! Siedi qui. (Ella siede sul sofà; egli si inginocchia a lei dinanzi e cela la faccia nel suo grembo.) Non ti guarderò nella faccia giovanile! Ascoltami bene! Sai chi mi ha consegnate quelle lettere? La madre di Clara! Mi disse: Voi avete uccisa mia figlia perché vi tradiva. Uccidete ora questa la quale vi tradisce anch'essa. Che cosa dovrei fare ora?

BICE Un uomo come te, potrebbe, non credendoci, non curarsi di convincere del suo errore quella vecchia donna.

FEDERICO Aspetta! Tu ancora non sai tutto. Quella non è una vecchia donna! Quella è per me la persona piú importante di questo mondo. Incominciò ad esserlo al processo. Tutti credevano ch'io attendessi con ansia il giudizio dei giudici impostimi dalla società. Invece, per me, nella vasta sala esisteva una sola persona importante: La madre di Clara. Quando essa non c'era il processo m'agitava tanto poco che mi pareva d'assistervi in qualità d'avvocato difensore di un altro accusato. Essa v'era quale testimonio e invece, per me, fungeva da giudice. Parlai per difendermi e cercai solo le ragioni che avrebbero potuto convincere la madre di Clara, mia madre. Perciò convinsi tutti meno lei, la madre di Clara la quale, quando i giudici m'assolsero, mi gettò un'occhiata terribile con la quale mi condannava. Poi compresi che sarebbe stato vano ogni sforzo per rabbonirla eppure non seppi difendermi dal farlo ogni qualvolta me se ne presentò l'occasione. Io sentivo il suo odio campato in aria pronto a cadermi sulla testa a schiacciarmi. E se sapessi quale odio! Non addolcito, reso piú terribile da uno strano amore materno perdurante nel suo vecchio cuore ad onta di tutto. Forse se quella donna morisse, io potrei rasserenarmi, ma cosí, come posso? Ora quelle tue lettere note a quella donna, sono nelle sue mani una cosa terribile. Lo intendi anche tu, Bice? (Bice esita.) Per comprendermi, Bice, fa il massimo sforzo della persona intelligente. Cerca di sentire come sento io. Figurati di vivere nelle mie azioni e nella mia debolezza. Lo so! Sono ammalato ma sono cosí! M'intendi ora? Te ne supplico! Intendimi!

BICE (dolcissimamente e accarezzandogli i capelli). Piuttosto che intenderti, una madre tenterebbe di curarti.

FEDERICO Ma io le direi: Madre mia, non si può. Io sono, io stesso sono la malattia. Guarirò morendo. Anch'io, da solo, cercai la salute, ma non venne. Oh! come lottai per poter vedere quella donna con gli occhi coi quali possono vederla tutti! Non vi riuscii! Per me essa è gigantesca, il mio giudice. Intendi ora?

BICE (esitante). Capisco!

FEDERICO E non debbo io ora spiegare a questa donna il fatto che io non ti ho uccisa? Io, il giustiziere di Clara! (Dopo una pausa.) Perciò, intendi, perciò mi occorre un documento che provi la tua innocenza. È proprio per gli altri che io voglio tale documento. Anzi non per gli altri, per essa.

BICE Ed io questo documento troverò. Se non ci fosse in queste lettere una parola che provasse quello che cerchi, potremo fabbricarci la prova scritta occorrente.

FEDERICO (stupito ma quasi convinto). Un falso? E sapremo farlo?

BICE No! Non un falso! Scriverò all'individuo da cui queste lettere provengono una lettera con la quale gli accorderò un appuntamento ed esigerò una pronta risposta. Questa risposta conterrà sicuramente quanto cerchiamo! Sorpresa... anzi stupefazione!

FEDERICO   (riflettendo). Come prova basterebbe già. Chissà se avremo fortuna e se il tuo... quel signore userà proprio la parola che ci occorre?

BICE   Ma io farò quello che tu vorrai.

FEDERICO   Cerca, te ne prego, guarda nei tuoi scrigni.

BICE   Dovrei avere qui l'ultima sua lettera. (Trae dalla tasca una lettera.) Eccola! È di ieri! A quanto ricordo dovrebb'essere chiara abbastanza! Se tu avessi guardato intorno a te di questi documenti ne avresti trovati parecchi. Li spargevo per la casa. Erano destinati a scuoterti, a commoverti. Allora non sapevo ancora d'essere destinata a divenire tua sorella, tua madre.

FEDERICO   Oh! non lagnartene! Dalla mia infanzia in poi non ho voluto tanto bene a nessuno come ne voglio ora a te. (Prende la lettera.) Permetti? (Legge.) Signora Bice! M permette di venire da Lei nel pomeriggio? Avrei qualche cosa d'importante a dirle. Si tratta di trovare un modo di tranquillare quell'oca di mia moglie che comincia a dimostrarsi gelosa. Ella sa come, pur troppo, una volta di piú in sua vita, mia moglie abbia torto. Quando sarò un po' indennizzato di tante pene? Ora e sempre Suo Paolo Mansi.

BICE   Non occorre dire che per indennizzarlo io lo congedai.

FEDERICO   (che non l'ascolta). Ed è di ieri. Grazie, Bice. Mi pare d'essere sollevato. Ecco un documento che nessuno può trarre dubbio. Che cosa potrebbero obiettare? Che le altre lettere sieno indirizzate ad altri?

BICE   (offesa). Oh! Federico!

FEDERICO   (non l'ascolta). Grazie! (S'avvia.)

BICE   Dove vai?

FEDERICO   Vado da lei, da Arianna.

BICE   Non da Paolo! La mia confidenza non dev'essere punita con uno scandalo.

FEDERICO   Da chi? Ah! (Sovvenendosi.) No! No! (S'avvia.)

BICE   E non ti turberà coi suoi rimproveri?

FEDERICO   No! Tutto quello ch'ella potrà dirmi, non potrà agitarmi piú di quanto lo sono. Io ho ucciso sua figlia, ma io voglio, io posso piangerla con lei. (Piangendo.) La pregherò di lasciarmi piangere con lei. Tutto s'attenuerà nella nostra comune grande infelicità. Ambisco lagrime, lagrime, sole lagrime. Mi salveranno. (Via.)

BICE   (siede, cela la faccia fra le mani e singhiozza con violenza).

CALA LA TELA

ATTO TERZO

La stessa scena. Tarda sera.

SCENA PRIMA

BICE e REALI

REALI(alla finestra). E ancora non ritorna.

BICE   (disfatta da lungo pianto). Forse non ritornerà piú.

REALINon credo alla possibilità di un suo suicidio.

BICE   Dio mio! (Spaventata.) Non avevo voluto dirlo ma al suicidio egli piú volte deve aver pensato. Disse parole che significavano tutt'altra cosa ma che non si dicono che quando si ha rinunziato alla vita. (Vedendo che Reali si ritira dalla finestra esclama piena di speranza.) Viene?

REALINo! Come l'ami! Eccoti tutta colorita dall'attesa di rivederlo. Con un simile amore accanto egli è salvo.

BICE   Come t'inganni! Se la sua salvezza ha da venire da me, egli, semplicemente, è perduto. Non s'accorge neppure ch'io esista. Quelle mie folli lettere lo agitarono prima di tutto perché gli furono consegnate dalla madre di Clara. Se esse gli fossero state consegnate da altri non avrebbero avuto importanza alcuna per lui. Ne fui punita in modo veramente inatteso.

REALIPovera Bice! Vedendoti in tale stato non ho neppure il coraggio di farti dei rimproveri.

BICE   Meriterei la piú forte delle punizioni. Mi disse: Con un solo tratto hai annullata tutta l'opera riparatrice del tempo. E poi ancora: Mi sento come se avessi uccisa Clara da poche ore. Oh! lo avessi lasciato vivere come avrebbe potuto per lunghi anni sempre attento di stordirsi nel lavoro.

REALIIo invece non so preferire un male all'altro. Mi bastarono pochi giorni per indovinare come Federico fosse un uomo infelicissimo. Come era difficile di parlare con lui e specialmente quando si trattava di argomenti un po' elevati di scienza. Ogni parola serena gli sembrava un'offesa.

BICE   Cosí che tu condanni Federico per aver ucciso la donna che lo tradí!

REALIIo non condanno, io anzi capisco. Ma lo biasimai vivamente quando trovai che dopo tanti anni egli non sapeva fare di meglio a questo mondo che di continuare ad ammazzare sua moglie ogni giorno una volta. Una dualità bizzarra lottava in lui. Uno dei due esseri che lo componevano ingannava l'altro e cercava d'ingannare anche te che gli parlavi. Io conosco esattamente la storia del suo delitto. Dopo anni d'amore egli scopre il tradimento di Clara che glielo confessa subito. Egli la uccide. Quando lo arrestano lo trovano inebetito dalla passione e dall'orrore. Fin qui egli è un innocente colpito dal destino. Il delitto comincia quando, dinanzi ai giurati, egli si difende col dichiarare il suo diritto d'ammazzare la donna che lo tradí. E da allora lui, l'uomo veramente moderno che fino ad allora aveva ammesso e sentito il diritto di tutti e persino i delitti di tutti, diventa un teorista medievalmente spietato.

BICE   Come sei fatto tu! Tanto differente da tutti gli altri.

REALIChi mi consigliava molto era l'antico Federico Arcetri. Di questi giorni avevano cercato di tirarlo dentro in un bruttissimo affare. La difesa di un uxoricida. Per trattenerlo dall'accettare un simile incarico cercai e trovai un opuscolo pubblicato da lui poco dopo finiti gli studii. È magnifico di entusiasmo; contiene vera scienza enunciata da un poeta. La Morale Scientifica. La citazione sotto il titolo è la sincera sintesi del lavoro: Molto sarà perdonato a chi molto ha amato, ma molto sarà perdonato anche a chi non ha amato affatto.

BICE   Strano ch'io non abbia mai visto quest'opuscolo.

REALILo cela accuratamente. Ora appena è giunto il momento di farglielo vedere. Egli può perdonare a se stesso tanto piú che appartiene alla schiera di coloro che molto amarono.

BICE   Lasciamelo! (Sta per guardare il libro; un rumore alla porta attrae la sua attenzione.) È lui! (Va alla porta; sconfortata.) No! Non ancora.

REALIVedi! tu lo ami anche cosí! Perché volevi farmi credere quando mi obbligasti di dare il mio consenso al vostro matrimonio che lo amavi di piú perché aveva ucciso una donna? Che perciò egli ti appariva quale un eroe?

BICE   Oh! non fu mai tanto eroe come ora nel suo grande dolore.

REALI(sorridendo). Si capisce che per te egli potrebbe subire ogni giorno una metamorfosi e restare ogni giorno un eroe.

BICE   (alla finestra). Quanta gente! Una barella! Oh! lui di certo!

SCENA SECONDA

FEDERICO e DETTI

FEDERICO   Bice! (Vede Reali ed ha un lieve moto di sorpresa non gradita.) Reali! Tu qui!

REALISono rimasto ad attenderti. Mi sono immaginato - forse a torto - che un mio segno d'affetto in tale istante potesse giungerti gradito.

FEDERICO   (gli stringe esitante la mano e guarda Bice con aria di rimprovero). Tu gli hai raccontato la strana scena che t'ho fatta? Già tu Reali avrai capito che stavo poco bene. Tutto mi agita, ma in che modo! Figuratevi che poco fa ho quasi picchiato Augusto! Povero uomo! Dovrò domandargli scusa. (Reali e Bice lo guardano stupiti; egli cerca di rompere tale silenzio che lo turba.) Tu hai ragione, Reali...

REALI(rasserenato e con qualche impeto). Ah! io ho ragione? (La sorpresa di Federico lo arresta.)

FEDERICO   (rude). Ma di che cosa credevi ch'io parlassi? Volevo dire che tu hai ragione quando dici ch'io lavoro troppo. Non altro! Indovino quello che tu pensavi al sentirti dare ragione. Tu mi vedevi abbattuto dai rimorsi e disposto di rifiutare quella tal difesa.

REALI Sí! Sí!, Questo pensavo.

FEDERICO   E tutto ciò in seguito a quanto ti raccontò Bice? Oh! Bice! E tu mi hai creduto? Ma se fosse vero tutto ciò che ti dissi, a noi non resterebbe di far altro che di dividerci! Ti dissi che non ti amavo perché non ti potevo amare e mille altre sciocchezze. Devo essere malato! Adesso, dopo poche ore, vedo dinanzi a me quel breve intervallo di tempo passato con te (ne rabbrividisce) riempito da un dolore irragionevole e piú da una follia completa. Io non ti domando perdono, Bice, perché anche tu hai fallato. Io l'ho già dimenticato! Hai raccontato tutto a Reali?

BICE   Sí.

REALI Io so tutto ossia credevo di saper tutto.

FEDERICO   Naturalmente tutto non puoi sapere. Non puoi sapere come io ora sia grato a mia moglie d'avermi risparmiato tanto dolore e tanto delitto. Vedi dove sta la verità, Reali. Io ora amo mia moglie; l'amo piú che non il primo giorno. (Attira a sé Bice, la quale dubbiosa e sconvolta si lascia fare.) E sono felice, felicissimo.

REALI (freddo ma non ironico). Non ne ho mai dubitato io.

FEDERICO   (guarda fisso Reali cercando d'indovinarne il pensiero, poi vi rinunzia, freddo). È vero! Ti dico delle cose che a te non importano.

REALI Non importano? Importano moltissimo. Sai però come io son fatto. Preferisco gli uomini sereni ai felici.

FEDERICO   (stizzito). Ma io sono anche sereno.

REALI Insomma... (Con lieve impazienza) mi fa piacere.

FEDERICO   E puoi dire a chi incaricò d'invitarmi a non assumere la difesa di... di...

REALI Di Cerigni!

FEDERICO   Sí! Cerigni! Che io assumerò tale difesa con gioia ed orgoglio. Diglielo, diglielo subito.

REALI (alzandosi, stanco). Io preferisco lasciarti il tempo di pensarci su.

FEDERICO   Non abbisogno di ciò, io.

REALI Farai come vorrai. Vado a fare in fretta alcune ultime visite. Spero di poter essere qui per l'ora di cena, ma non aspettatemi. Addio, Federico.

FEDERICO   (seduto sul sofà gli porge la mano in ritardo come se avesse voluto dirgli ancora qualche cosa).

REALI (s'accosta a Bice, a bassa voce). Io spero che la commedia esisterà per me soltanto e ch'egli non desideri altro che di restar solo con te. (Via.)

SCENA TERZA

FEDERICO e BICE

BICE   (s'avvicina a Federico, dolcemente). Ebbene, Federico.

FEDERICO   (sempre seduto). Ebbene?

BICE   (dolcemente). Non hai nulla a dirmi?

FEDERICO   (sorridendo con sforzo). Nulla! Solo che le agitazioni di questa giornata mi lasciarono una stanchezza come se avessi percorse cento miglia. Cento miglia! E per di piú carico come un somaro·o, meglio, come un cammello. (Si sdraia sul sofà e chiude gli occhi.) Dovresti lasciarmi dormire un pochino prima di cena.

BICE   (dopo un istante d'esitazione). Tu sei stato dalla signora Arianna?

FEDERICO   (vivamente). Te ne prego, non parliamone. Anche essa appartiene alle agitazioni di questa giornata. Non parliamone piú. Dimentichiamo tutto quanto è successo fra di noi oggi. Da parte mia, facendo ciò, io metto abbastanza generosità; esigo che da parte tua tu sii generosa altrettanto e si ritorni insieme alla calma di prima.

BICE   Alla calma? A quella calma? Mai! Se tu volessi impormi una cosa simile io me ne andrei con mio fratello. Io non voglio tutta questa simulazione; non so sopportarla. Potevo sopportare, sí, che tu con una sincerità tale che m'appariva quale una manifestazione d'affetto, mi dichiarassi di non amarmi, di non poter amarmi. Non so sopportare che tu abbia da continuare con me la commedia cominciata dinanzi ad Alfredo. Mi respingi, mi respingi sempre piú lontano da te.

FEDERICO   (rizzandosi vivamente a sedere). E allora voglio dirtelo. Non hai visto quale aspetto avessi quando sono entrato e t'ho chiamata prima di veder Reali? Venivo confidente a raccontarti tutto quanto io avevo pensato dacché t'avevo lasciata. La vista di Reali m'agghiacciò e piú ancora quando appresi che tu gli avevi raccontate tutte le mie debolezze, tutti i miei dubbi.

BICE   Ma Alfredo è mio fratello ed anche tuo.

FEDERICO   Ma la coscienza non ammette fratelli. Io voglio stare solo, solo con la mia. Se ho da discuterla con altri allora non capirò mai niente. Io ammetterei di confidarmi a qualcuno. Forse nella viva parola troverei maggior chiarezza ma questo qualcuno dovrebbe essere una parte di me stesso.

BICE   E non lo sono io?

FEDERICO   Sí! tu potresti esserlo!

BICE   Io lo sono! (Con forza.)

FEDERICO   (sorridendo). Basta il desiderio per divenirlo. Povera Bice! (Subito commosso.) Ti adatti a tutto. Chissà quando mi sarà dato di compensarti?

BICE   (sorridendo esitante e timida.) Basterebbe il desiderio!

FEDERICO   Non basta! Stammi a sentire! Poi capirai tutto. Io sono stato da Arianna e te ne parlerò poi. Importante è soltanto quello ch'io pensai ritornando a te solitario per le vie dopo di quella visita. Per spiegarmi io debbo raccontarti un'avventura della mia vita. Ero ancora adolescente e malcontento di me e di tutti come tanti altri adolescenti. Studiavo, sognavo ma non mi bastava. Mi pareva ora di valer meno di quanto dovessi, ora di esser considerato da meno di quanto valevo. Non bisogna sorridere di quell'infelicità di certi adolescenti; è addirittura un'infelicità fisica. Somiglia quella ch'io provai fino a poco fa. Allora mi fu dato di liberarmi da ogni oppressione e oggi ne ricordai il modo. Con la piú semplice delle azioni mi liberai dalla tristezza come altri si leva di dosso un peso incomodo. Mi fu dato di salvare un povero vecchio levandolo di sotto alle zampe di un cavallo dal quale era stato travolto. Ne ebbi una ferita all'avambraccio e vi restò una cicatrice che per fortuna talvolta mi duole. Oh! se sapessi quale gioia provai di aver salvato un uomo! Il povero vecchio stupito dal grave pericolo corso, poi dall'impensata salvezza fu infine anche piú attonito dai doni di cui lo colmai. Ma io gli dovevo tanto! Mi parve che da quel giorno fosse cominciata la mia virilità! Fu un'azione quella che persino m'accompagnò e mi diresse nei miei studii.

BICE (commossa). So che tu sei buono!

FEDERICO   Lo sai perché te l'hanno detto, ma quando mi conoscesti buono? Ho tentato io in alcun modo di cancellare il ricordo dell'azione sanguinaria cui fui costretto altrimenti che attendendo quietamente, da buon borghese, ai miei affari? Come se a me, omicida, potesse essere concessa una vita normale! Perciò, perciò provo qualche cosa che tu senz'esitazione chiameresti rimorso. Le furie moderne! È l'aspetto e lo spavento della mia crudeltà che mi sconvolgono. Quando sogno quando medito vedo correr sangue per opera mia. (Con virile risoluzione.) È ora di cancellare quell'azione. Non esiste piú.

BICE (con ammirazione). Mi pare di udire Reali.

FEDERICO   (vivamente). No! No! (Poi.) Dimmi: Credi ch'io non pecchi di soverchia vanità ritenendo ch'io, Federico Arcetri, sia uomo tale da poter trascinare col mio esempio i miei simili almeno nella piccola, ristretta cerchia della mia città natale?

BICE   Oh! lo credo!

FEDERICO   Ebbene! Questo esempio deve essere benefico. Sai, Bice. Io sempre ho sentito ch'io vivo oltre che per me, per tutti. Io mi sento una parte dell'organismo mondiale. Ho ucciso Clara e sia! Devo perciò servire d'esempio d'illibato onore; fui persino crudele per salvarlo. Difenderò Cerigni; lo devo difendere e rinnoverò nel suo il mio esempio. (Poi, con entusiasmo.) Ma accanto a tutto ciò io voglio porre dei tesori di bontà, di mitezza. Voglio tentar di lenire ogni dolore in cui mi imbatta; il piú miserabile fra gli uomini mi troverà suo amico entusiasta. Io toccherò colpe e dolori con la stessa mano carezzevole. Anche se m'imbatterò in colpe non confessate, io non domanderò la confessione ma tenterò di lenirne il dolore e il rimorso. Perché a questo mondo non c'è altro d'importante che il dolore. Il torto e la ragione spariscono subito dove nel nostro miserabile organismo comincia il dolore.

BICE (con preghiera). Bisognerebbe non difendere Cerigni.

FEDERICO   Oh! mio fiato sprecato! Non appartiene certo alla bontà abbandonare alla sua sorte questo disgraziato Cerigni che, forse, m'ha imitato. Parlandoti come t'ho parlato mi sentivo gonfiare il petto di gioia e d'orgoglio come quando giovinetto speravo tutto per me e per gli altri, e tu mi avvilisci proponendomi una rinunzia a tutto il mio passato!

BICE (abbattutissima). Perdonami!

FEDERICO   E accetto il mio passato intero. Giacché Arianna vive io voglio darle tutte le soddisfazioni, anche quella di torturarmi. Eppure vedi che parlandotene rimango calmo. Povera vecchia! Essa sí, colpita innocente e da me! (Subito commosso.) Come ho potuto darle tanta importanza, poco fa, parlandotene! Come ho potuto considerarla quale il mio cattivo genio. Mai, mai le augurai la morte. Viva e mi torturi! Vuoi la prova ch'io non le auguro la morte? La trovai febbricitante, in delirio. Una vecchia donna che l'assisteva mi raccontò che il medico non l'aveva ancora visitata. Mi misi alla sua ricerca e lo trovai. Come mi fece bene di cercare quel medico; mi quietai correndo! Quando egli, dopo visitatala, mi disse che nutriva poche speranze sentii un dolore profondo. Era proprio il sentimento con cui si sente annunziare la morte della propria madre. Mi analizzai con voluttà! Rinascevo alla vita! Poi non ebbi cuore di lasciarla sola e andai a chiamare Augusto che le posi accanto. Ora sto arrovellandomi per trovare la persona da metterle accanto. Te lo confesso! Sarei andato volentieri ad assisterla io stesso. Ma io non so! Ho già provato! Io non so né sostenere dolcemente né porgere a delle labbra paralizzate a mezzo il refrigerio della medicina. L'aspetto di un delirio mi terrorizza. Oh! se questi ammalati sapessero dire: Voglio questo, voglio quello; allora saprei. Ma cosí... Voi donne avete invece la facoltà d'indovinare... (Stiracchia le parole.)

BICE   (con ribrezzo). Oh! Federico!

FEDERICO   (la studia, poi, risoluto). Sia come non detto!

BICE   E se questa donna, uscita dal delirio, trovasse accanto al suo letto me ch'essa sopra tutto odia, non potrebbe averne una scossa da farla morire?

FEDERICO   (negando sprezzantemente). Oh! (Poi.) Ma non parliamone piú! Tu provi del ribrezzo per quella povera donna, dunque non sarebbe certo te ch'io metterei a lei da canto. (Pausa.)

BICE   (meditabonda). Almeno potessi comprendere quello che tu senti.

FEDERICO   Eppure ti dissi a chiare note quello ch'io sento.

BICE   Sí! Ma quando mi dicesti che avendo quella lettera, prova della mia innocenza, ti saresti quietato, parlavi anche a chiare note.

FEDERICO   (gridando). Ma io ora non domando piú di essere quietato perché io sono quieto e sereno. Quieto e sereno! (Si costringe alla calma.) Io ho la mia via chiaramente delineata dinanzi e non ho dubbi. Io sono sereno! Naturalmente posso spazientirmi al vedermi creare intorno delle difficoltà che veramente non avevo previsto. Dovevi comprendere che la bontà mia ch'io cerco, ch'io voglio doveva cominciare da Arianna. Non vuoi seguirmi? Farò da solo.

BICE   (esitante). Io vorrei seguirti.

FEDERICO   L'idea di condurti al letto di Arianna mi fu suggerita da lei stessa. Vedeva Clara, te e me e lei stessa su di un'erta che l'affannava e la faceva piangere. Non pare neppure che una tale immaginazione possa essere stata creata da un delirio. Corrisponde in modo meraviglioso al mio proposito di pace. E la mia pace cominciava là, a quel letto. Col tuo aiuto avrei potuto mitigare gli ultimi anni di vita di quella povera donna. Nell'opera d'amore ci saremmo ritrovati anche noi due. Dove vai? (A Bice che s'avvia per uscire.)

BICE   A vestirmi per uscire con te.

FEDERICO   (con entusiasmo). Aspetta! Aspetta prima! L'opera di riparazione comincia qui; lascia ch'io ne gusti ogni fase. (Prendendole la mano che bacia piú volte.) Grazie! Grazie! Grazie!

BICE È inutile, Federico! Io resto l'ultima nel tuo pensiero.

FEDERICO   Oh! non rimproveri, ora! Non sei l'ultima, tu, in nessun luogo, se sai essere tanto buona.

SCENA QUARTA

CAMERIERA e DETTI

CAMERIERAC'è la signora Amelia Mansi che desidererebbe di parlarle.

BICE Ditele che ora non posso. Mi voglia scusare.

CAMERIERAPerdoni, signora, se credo di dover dirle che la signora Amelia mi parve agitatissima. Mi parve persino avesse gli occhi arrossati dal pianto.

FEDERICO   E allora ricevila! Io t'attenderò. Per un istante di ritardo non monta. (S'avvia alla propria stanza, ma, udite le prime parole di Amelia s'arresta alla porta. Bice s'accorge subito ch'egli sta ad ascoltare.)

SCENA QUINTA

AMELIA e DETTI

BICE Oh! Amelia! A quest'ora?

AMELIA   (concitata). Volevo vedere se non ci fosse qui mio marito.

BICE No! Non c'è! Ma che hai?

AMELIA   Sono stanca del tuo e del suo agire. Avreste dovuto almeno imporvi un po' di riserbo. Avete fatto di me il ludibrio vostro. Dinanzi ai miei occhi egli osò carezzarti. È troppo! Ti consiglio di non passare piú la soglia di casa mia. Te ne farei scacciare come una ladra.

BICE Amelia!

AMELIA   Ladra e falsa! Sai! Ad onta dell'evidenza del vostro tradimento, non osai manifestarmi. E pensai a quell'atto cui voleste ch'io assistessi, quella breve carezza che lo fece scolorire. Mi parve talmente incredibile che ora appena, appena ora lo compresi. Il dolore fu immediato, eppure esitai ed arrivai sino a stenderti anche una volta la mano. Ma se avessi a vederti ancora in casa mia o a lui da canto, io saprei andare ad accusarti a chi saprebbe punirti secondo i tuoi meriti.

FEDERICO   (avanzandosi). Ed io sono qui ad ascoltarla signora Amelia.

AMELIA   (estenuata dal terrore dà un grido). Dio mio! (Pausa, poi tenta la commedia.) Sa! Io sono venuta da Bice per incarico di Paolo, per fare uno scherzo... dovevo spaventarla.

FEDERICO   Non si affatichi di fare la commedia. Non ve n'è di bisogno. (Molto serio.)

AMELIA   Allora! (Vuole scappare, poi ritorni). Senta, signor Federico. Io sono una donna gelosa; tutti lo sanno. La scena che feci ora a Bice io l'ho fatta due, anzi (contando) tre volte ad altre mie amiche, e, credo, sempre senza motivo. Ora che sono ritornata in me che cosa posso rimproverare a Bice e a Paolo? In carrozza egli appoggiò la mano su una mano di lei. Parve una carezza ma poteva anche essere qualche cosa d'altro. Poteva essere ch'essendosi sbandata la vettura egli sia stato obbligato di fare quella carezza per tenersi in equilibrio. (Federico, pensieroso, siede sul sofà; Amelia va a lui e lo scruta.) Voi siete tutto sconvolto? Oh! ve ne prego! Ridete, sorridete e andrò via tranquilla. (Poi, adirata.) E, sappiatelo, in tutto ciò non v'è nessuna ragione di uccidere. (Piange.)

BICE   Ma Amelia! Federico mi sa innocente!

AMELIA   Ti sa innocente? (Guardandolo.) Vorrei sentirlo da lui.

FEDERICO   (con sforzo). Sí! La so innocente.

AMELIA   (va a Bice e le parla in orecchio). A me non pare ch'egli abbia l'aspetto molto rassicurante! Io, se fossi in te, non mi ci fiderei. Oh! vieni via e rifugiati in casa mia.

BICE   (sorridendo). Poco fa non mi ci volevi vedere... Puoi andare tranquilla.

AMELIA   Ho da raccontare a Paolo la scena che ho fatta?

BICE   Non occorre! Ridonami la tua stima e il tuo affetto e sei perdonata.

AMELIA   (sempre sospettosa verso Federico). Buona notte, signor Federico.

FEDERICO   Buona notte.

AMELIA   (da sé). Ha risposto! (Pensa, non capisce nulla, si rassegna e va a Bice.) Addio, Bice! (Molto commossa.) Perdonami! Se avviene qualche cosa io non ci ho colpa. (Le bacia la mano e poi, attratta da Bice, la faccia.) Addio! (Molto esitante esce.)

SCENA SESTA

BICE e FEDERICO

BICE   Ebbene! Federico! Comincia da me l'esercizio della tua bontà! Perdonami! (S'inginocchia a lui dinanzi ch'è seduto sul sofà.)

FEDERICO   (pensieroso). Perché tu sei dunque colpevole?

BICE   Adesso che per la prima volta tu vuoi accettare la mia confessione, il cuore mi batte qui in gola. Dio mi dia di trovare la parola, quella che ti dica la verità ma che nello stesso tempo ti faccia comprendere tutto.

FEDERICO   Non cosí, Bice. Alzati, te ne prego. Io credo che giammai mi fu dato di veder tanto chiaro in me e negli altri. Ecco il destino! Una donna come Amelia viene a levare l'ultimo velo che m'offuscava la vista. Io so, Bice, che tu volevi tradirmi; so anche che, non per tua virtú, tu non m'hai tradito. Sei perdonata! Hai altro a dirmi?

BICE   Sí. Se tu credessi di aver a subire qualsiasi umiliazione causa mia, scacciami! Io me ne andrò senza mormorare!

FEDERICO   (meditabondo). Ma io non posso essere umiliato da sommissioni altrui!

BICE   Sommissioni? La parola è ben forte! E dici altrui? Io sono tua!

FEDERICO   Io penso a Clara! (Poi.) Sí! Questa è la via!

SCENA SETTIMA

REALI e DETTI

REALI(fosco). Ho veduto entrare qui il padre di Cerigni. Viene ad assaltarti in casa tua! Sono rientrato per annunziarlo io stesso.

FEDERICO   (molto serio). Non faticarti, Reali. Io non riceverò Cerigni né accetterò la sua difesa.

REALIOh! grazie! grazie! Già è affare che puoi respingere perché esce dalla tua cerchia d'attività.

FEDERICO   Anzi non ne esce affatto. Non saprei difenderlo perché oggidí non saprei difendere me stesso. Auguro al Cerigni una pena piú mite di quella ch'abbia avuta io.

SCENA OTTAVA

AUGUSTO e DETTI

AUGUSTO   La signora Arianna è ritornata in sé e domanda di Lei.

FEDERICO   Io vengo! Ora potrò assisterla! Non ho nulla da domandarle piú!

BICE   Io sono con te, Federico!

FEDERICO   Ebbene! Vieni! Da te potrebbe derivarle un ultimo conforto. Nel delirio potrebbe scambiarti con Clara.

CALA LA TELA